# 自殺調查員2

CASE 00
CASE 11
C 12

SALVATION2

孤泣作品

如果，你曾經有過自殺的想法，
請看下去。

就算故事能夠真相大白，他們的結局也不能改變。

Even if the truth has been revealed,
their endings were irrevocable.

如果，你會有過自殺的想法，請看下去。

請繼續生存下去

# 自殺調查員 SALVATION 2

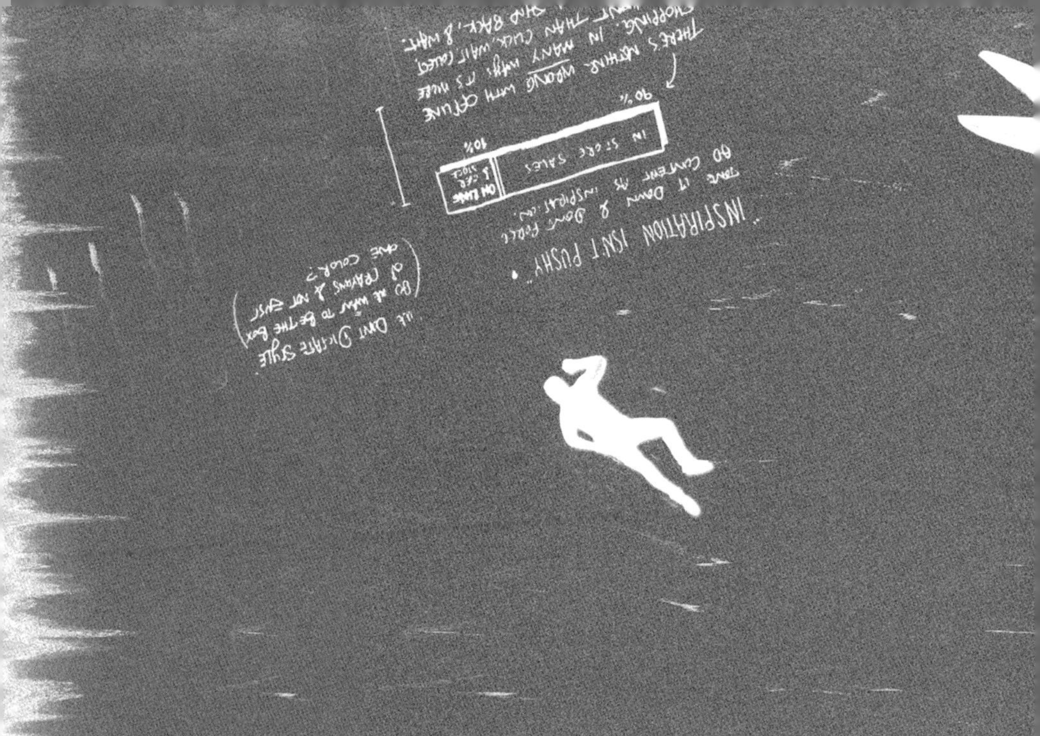
INSPIRATION ISN'T PUSHY.
IN STORE SALES
90%
10%

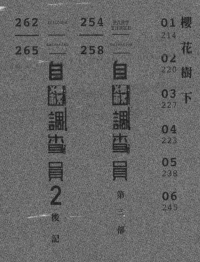

# PROLOGUE 序章 II

**維特效應（Werther Effect）。**

「維特效應」即是自殺模仿現象，是指自殺行為具有一定的模仿性和傳染性。

Werther Effect一詞來自德國大文豪約翰．沃夫岡．馮．歌德（Johann Wolfgang von Goethe）在一七七四年發表的一部小說《少年維特之煩惱》（Die Leiden des jungen Werthers）。小說敘述一個少年因失戀而自殺的故事，小說在萊比錫書籍展覽會上面世，出版後引起了極大的轟動，整個歐洲也引發了模仿維特自殺的風潮，「維特效應」由此得名。

而書中的主角，成為了感傷主義的代表性人物。

二百多年後，也許沒有人會看一本小說而選擇自殺，不過，這本「小說」卻變成了一個更大的媒體，這個媒體叫……「網絡」。

在這資訊發達的年代，只要每逢在網上有人大肆報導與分享有關自殺的新聞，那個月的自殺率就會大幅上升30%。就如韓國某些明星自殺，自殺率甚至上升到50%。

社會心理學家西亞迪尼（Robert Cialdini）曾發表，模仿自殺的原理中包含了「社會證明」（social proof），這是一種社會心理現象。「社會證明」造成的社會影響力可以誘導大眾在特定情況下複製他人行為，也可理解為「從眾心理」（Conformity）的其中一種。

當痛苦的人從網上媒體接收到同樣痛苦的人自殺身亡的消息之後，會某程度上認同「自殺」是一個作為消除痛苦的最好方法與手段，從而做出模仿行為。

在人類的世界，「維特效應」從來也沒有停止過，甚至發展成一種讓更多人想自殺的模仿效應。

「自殺」，就如一種病毒一樣，一直也在人類的世界不斷傳染下去。

你……曾經有想過「自殺」嗎？

西貢對面海邨，自殺調查社。

調查社老闆兼調查員一號尾崎空、二號調查員筆杍圓、三號調查員圓谷宇馳，還有秘書兼打雜趙野芽，四人正在認真地討論著。

討論著一宗密室兇殺案。

「我已經知道兇手是誰。」圓圓神色凝重卻充滿自信。

「是誰？」宇馳問。

「等等。」空叫停了她：「我也知道兇手是誰！」

「你說的兇手，是跟我想的是同一人嗎？」圓圓看著他。

「妳說呢？」空奸笑。

「不不不……我不太相信你們兩人！」野芽托托眼鏡。

「你不相信我嗎？」尾崎空認真地看著她：「別忘記，我是調查社最強的調查員！」

「別相信他！我才是最強的調查員！」圓圓反駁。

「看來，你說的兇手跟我說的兇手可能……不是同一個人！」空認真了起來：「圓圓，妳是不是在掩飾著什麼？」

「你才有古怪呢，我說知道兇手是誰之時，你就立即跟著我說知道。」圓圓用一個狡猾的眼神看著他：「很古怪！」

「不如我數三聲，大家說出兇手的名字吧，如何？」空說。

「好！」

「一……二……」

就在數到三時，調查社的大門門鈴響起！

「有生意！」野芽大叫。

她立即掉下手上的卡牌，走去開門！

沒錯，他們四人只是在玩著一個緝兇的卡牌遊戲。

野芽立即打開大門：「歡迎光臨自殺調查社！」

一個穿著西裝的男人站在門前，他看似三十出頭。

「請問……」

「對！我們是調查自殺案的調查社！」野芽沒等他說完先說：「你想調查什麼案件？」

「我想調查一宗……集體**自殺案**。」

**《自殺就如一種病毒，愛情也是。》**

If You Ever Have Had
The Idea Of
Suicide ......

011/010

26

CASE
THREE

# Our Promise
# 約定的夢幻島

櫻花樹上

**「集體自殺」**。

世界上最嚴重的一次集體自殺案，發生在南美洲國家蓋亞那西北部的瓊斯鎮（Jonestown）。

四十多年前，一九七八年十一月十八日，當地的人民聖殿教教主吉姆·瓊斯（Jim Jones），號令教徒集體服毒自殺，在事件中有九百零八人死於瓊斯鎮，大部分都是被氰化物毒殺。

九百零八人當中，有超過二百名兒童死於此次事件。

根據事件參與者的錄音帶記錄，那個所謂教主叫吉姆·瓊斯的男人，曾說過他們不是被「毒殺」，而是……

「革命自殺」。

瘋了。

更可怕的是，竟然有幾百人也跟著一個瘋子一起自殺。

宗教的確是可以慰藉人們的心靈，不過同樣地，邪惡的宗教亦可以扭曲人們的思維。而最大的問題是，很多人都只會道聽途說，根本分不清楚哪個才是……「邪教」。

除了因為「宗教」，人類為什麼會選擇「集體自殺」？

在網上你可以找到「人為什麼會自殺」，卻找不到「人為什麼會集體自殺」，我也看過很多有關自殺的書籍，也比較少詳細去探討「集體自殺」。不過，以我五年來調查自殺案的經歷所得，在一個「自殺的群組」之中，必定不是每一個人也有決心自殺，而是被另一個人影響，才會一起選擇了結生命。

這代表了，在「集體自殺」發生的一刻，如果有其中一個人放棄自殺，就有可能反過來影響了自殺群組的人。

沒錯，「集體自殺」不一定是沒救的，還是有機會生存下去的。

……

…

．

自殺調查社。

「我叫櫻花樹。」坐在我面前的西裝男人說。

他看似三十出頭，可能是外表英俊的關係，他給人有一種年輕才俊的感覺。

「什麼？櫻花樹？哈哈！」野芽笑說：「是在日本的櫻花樹嗎？」

「野芽！」我給她一個眼神：「對不起，櫻先生，我的同事比較風趣。」

「沒關係，我也習慣了。」他微笑露出了潔白的牙齒：「我很喜歡我的名字，對於新認識的朋友，是很好的開場白，你們就叫我阿樹可以了。」

「哈！的確是！」野芽看到俊男，眼睛變成了心心眼：「阿樹我喜歡！就叫阿樹吧！你說要調查的集體自殺案，請你跟我們的調查員詳細說明吧！」

圓圓也走了過來，搭在野芽的肩膀上：「對不起，我的同事見到靚仔就會像變成了痴女一樣，請你說出你想調查的事吧。」

「好。」

櫻花樹看了我一眼，我點點頭。

「其實本來是一單失蹤的案件，不過當中牽涉一宗集體自殺案。」阿樹說。

「失蹤案件？」

「對，而涉及的是一宗四年前的集體自殺案。」他說。

四……四年前？

不只是我，在場的其他人也立即收起了笑容，因為四年前，全港只有一單集體自殺案，而且在調查社開業的第一年，我也有著手調查過這單集體自殺案。

「現在我一間金融公司的iBanker，不過在四年前，我是在一間偵探社工作。」阿樹說：

「當年，我是一位協助調查的……側寫師。」

側寫師？

《只要你想活著，就會影響到想死去的人，然後放棄輕生的念頭。》

「什麼是側寫師？」野芽問。

「罪犯側寫（offender profiling）。」圓圓說：「這一種行為調查的方法，協助調查人員側繪未知犯罪對象或罪犯。罪犯側寫最早可追溯至中古世紀，當時的審訊官利用這種方式來找出異端分子，而在現代，罪犯側寫也變成非常流行的工種，除了是因為心理學的興起，還有最重要的……不錯的工資。」

櫻花樹看著染上粉藍色頭髮的圓圓：「看來妳也知道不少。」

「當然，因為我曾經也想過做側寫師，不過，最後我決定放棄了。」圓圓說。

「為什麼？」野芽問。

「在英國倫敦曾經進行過了一次研究測試，警局把一百八十四個案件交給了側寫師調查，最後結果，罪犯側寫分析後緝捕犯人的案件只有五宗，破案率只有2.7%。而在報告中，無助案件（not useful）的個案卻多達三十二宗，而側寫師能夠順利地側繪出犯罪對象與罪犯，都只有25%準確度。」圓圓笑說。

「老實說，擲公字猜兇手是誰也有50%吧？我也不相信側寫師這份工作，大多都是電影為了戲情，美化了『側寫師』這個名稱。」我和應圓圓。

「你們都說得對，所以最後我決定轉行了，現在生活也過得不錯。」阿樹笑說：「當年我在偵探社最後的一份工作，就是調查一宗失蹤案，卻牽涉了一宗集體自殺案……」

「我回來了！」

此時，谷宇馳回來，因為他剛才輸了那個卡牌遊戲，所以要幫我們買外賣。

我們三個人對望了一眼，然後一起看著他。

「怎樣了？」宇馳覺得有點奇怪。

「宇馳，你先冷靜。」野芽說。

「冷靜什麼？哈哈！你們很古怪！」

「這位櫻先生，要調查的是……四年前的集體自殺案。」我說。

「什……什麼？」

宇馳把外賣掉在地上，然後快速衝向阿樹！

「你為什麼要調查這件事件？」宇馳揪起阿樹的衣領：「死者跟你有什麼關係！快說！」

「宇馳！冷靜！」我立即上前阻止：「他是來委託我們調查的，而且我們可以得到更多的情報，對調查有幫助！」

「媽的！你是不是讓她們自殺的兇手？你為什麼會突然出現？為什麼不說話？！」

宇馳根本沒聽到我的話，他繼續質問櫻花樹！

「啪！」

一下掌摑的聲音，全場人也靜了下來。

「你先冷靜好嗎？」圓圓的一巴掌非常重手：「現在不就是想問清楚嗎？你在激動什麼？這裡每一個人都跟你一樣！都想知道答案，都想找出真相！」

宇馳放下了手，低下頭，不哼一聲。

「阿樹對不起，我同事太過激動了！」我連忙道歉：「其實你說要調查的四年前集體自殺案，我們曾經也有調查過。」

「你們……也有調查？」阿樹驚魂未定。

「對！」我認真地說：「因為其中一位女死者，就是他的……妹妹。」

我指著宇馳說。

**《對於還未釋懷的事，怎麼振作也沒意義。》**

四年前，當時宇馳還未入職，當年我正好在調查另一宗自殺案，在機緣巧合之下，遇上了宇馳。當時的他，因為妹妹的死，變成了一個廢人，每天都喝酒喝到天昏地暗，所以我跟圓圓決定了不收費幫助他調查妹妹的自殺事件。

當年，他妹妹谷宇蔡跟三個女生在一所長洲的渡假屋中自殺，她留下了遺書，根據遺書所說，入讀一所名校的她，壓力非常大，因為學業的問題選擇了離開這個世界。

遺書已經寫了是學業問題，經警方調查後指出案件沒有可疑，以自殺案處理。不過，宇馳不相信開朗的妹妹是因為學業壓力這個原因而自殺。

我跟圓圓協助他調查，我們當年走到了長洲渡假屋找尋線索，又調查學校與及其他三個女生的背景，最後得出了結果……

「谷宇蔡的確是因為學業壓力而自殺」。

整件集體自殺案不是沒有疑點，不過，因為沒有明確的「他殺」跡象，而谷宇蔡的遺書也確定了是她的筆跡，所以，我跟圓圓得出了這個結論。

的確，不是每一次調查的自殺案都有懸念，不是每次都有出人意表的結果。有時，只不過是委託人希望我們找得其他的自殺原因，而自殺原因根本就沒有懸念。

當然，宇馳還是沒法完全接受，他心中還是覺得他妹妹的死，是有其他的原因。

他還是沒法放下。

後來我叫宇馳加入調查社，希望跟我一起幫助更多想知道死者真正自殺原因的委託人。

同時我也想幫助他，讓他知道，就算喝到醉生夢死，他妹妹也不能死而復生，我希望給他工作，讓他把痛苦慢慢地忘記。

沒錯，我都說過，我們除了幫助自殺的人找出自殺原因，更重要的，是幫助還活在世上的委託人。

真的沒想到，四年後的今天，竟然有另一個人來找我們追查那次的「集體自殺」事件。

讓案件由close file，變成了「待續」。

自殺調查社內。

「剛才……對不起，聽到你說要調查宇蔡的自殺案時，一時間我太大反應了。」宇馳已經冷靜下來。

「沒事沒事，我明白你的心情。」阿樹微笑說：「不過，你們剛才說已經調查出案件沒有可疑，是真的嗎？」

「沒錯，我們從不同的方向調查過了，的確沒有其他的可能性。」我說：「四個死去的女生，都是為了學業而選擇了自殺。」

「她們四個十四歲的少女，是透過Facekbook某個自殺專頁上認識，我們也調查過她們的通話記錄，沒有提到自殺的原因，都只是一些有關約定自殺地點、時間的內容。」圓圓回憶起來：「當然，那個自殺專頁現在已經被刪除。」

「我可以先問你一個問題嗎？」宇馳問。

「當然可以。」阿樹說。

「我想知道，為什麼到四年後的今天，你才來找我們去調查這單自殺案？」宇馳煞有介事地問。

「因為，我有新的線索，不過因為那間偵探社已經結業了，而且我又看到你們自殺調查社的廣告，所以就來找你們調查。」阿樹說：「真的沒想到，原來其中一個自殺的女生就是你的妹妹。」

「四年前的案件你有新的線索？」我問。

「對。」阿樹拿出一封信：「去長洲渡假屋自殺的女生，不是四個人，而是……」

「五個。」

《人生有不同的路，學業成績只是其中一條路而已。》

「什麼？！」宇馳很大反應：「為什麼會是五個？明明就只有四具屍體！」

「的確是四個人死了，當中包括了你妹妹。不過，當年計劃一起去渡假屋自殺的，是五個人。」

我皺起眉頭：「好吧，阿樹，你把你知道的詳情告訴我們吧。」

「沒問題。」

櫻花樹當年收到了委託調查一宗失蹤案件，而委託他的人不是四個死去女生的親人與朋友，而是第五個女生的家人。

「如果我沒記錯，在所有我可以得到的通話記錄中，都只有四個女生的通話內容，怎可能有第五個？」我在質疑。

「你們知道女生去洗手間的習慣嗎？」阿樹突然問了一個奇怪的問題。

「我們喜歡一起去！尤其是讀書的時候！」野芽說。

「難道……」圓圓已經想到。

「沒錯，還有一個女生陪她們四人一起去到渡假屋，而且她沒有跟她們四人同一時間入住渡假屋，她是之後才入住，所以當時租出渡假屋的人，甚至是警方調查也不知道有這個女生的存在。」阿樹說。

不只是宇馳，我跟圓圓聽到也呆住了。

因為四個女生都死去，根本沒有人可以告訴其他人，原來是五個人一起去到渡假屋！

「等等，我不明白。」圓圓腦袋不斷地轉動：「假設你說的都是真實，那『第五個』女生的家人，為什麼要你調查這案件？」

「因為當時第五個女生在自殺案那天以後，失蹤了一個月，她的家人當然有報警，不過警方一如以往，都是落案後就把事情淡化，所以她的家人找我們的私家偵探社調查，我接手調查的兩星期後，我終於找到了她，她對我說出了一個多月前，跟四個女生自殺的事。當天，因為她太害怕，沒有跟其他人一起死去，所以離開了渡假屋，逃過了鬼門關。」

「她有說自己這一個月去了那裡？」我問。

阿樹搖頭：「沒有，最後她也不肯說出來，她只是不斷哭著說自己沒有勇氣死去。」

「你當時知道她跟集體自殺案有關，最後有報警？」圓圓問。

「沒有。」阿樹說：「我想你們也一樣吧，委託人委託調查的事，是保密的，而且她的家人也怕會影響到那個女孩，所以沒有說出來。」

我絕對明白保密的重要性。

「你是在哪裡找到那個女生？」圓圓問。

「在旺角一所陪酒的卡拉OK。」阿樹說：「當年她只有……十六歲。」

「只有十六歲？為什麼她沒有回家，去了做陪酒？」我有點驚訝。

就在此時，宇馳大叫。

「你們看！」他已經讀完阿樹帶來的信，他指著信中的一句。

**「這四年來，我每天都受盡良心的責備，我只想告訴你，她們四個……不是因學業而自殺。」**

**《再次出現希望的感覺，只有失望過的人才會懂。》**

「不是因學業而自殺！你們看到嗎？」宇馳大叫：「你們看到嗎？！」

我拿起信看：「信上的署名叫邱雯晶，是四年前同一個人嗎？」

「名字是一樣的。」阿樹說：「我也蠻肯定是她本人寫的信，因為邱雯晶知道我家的地址，所以把信寄給我。」

「為什麼她會有你的地址？」圓圓問。

「圓圓妳別要用問疑犯一樣的口吻好嗎？」我說。

「沒關係。」阿樹笑說：「當年她只是一個十六歲的女孩，最後一次跟她見面時，她問我借了錢，而且說會把錢還回給我。也只是一千幾百，其實我也不需要她還錢，不過她還是堅持要還錢給我，所以我最後給她我的地址了。」

「最後她有還錢給你嗎？」圓圓問。

「有，好像過了兩三個月左右，我收到了她寄給我的錢，而且她有一張Thanks Card，我也對過字跡，跟這封信是一模一樣的，所有我才肯定是她寄信給我。」

「這個年代，還有人會這樣寫信？而且還要把錢寄給你，很奇怪。」圓圓在思考著：「你有沒有她的手機號碼？」

「當然有，不過我也試過打給她，可惜電話已經沒有服務了。」阿樹說。

「即是現階段沒法找到她吧……」圓圓把信搶了過來閱讀內容。

「阿樹，你覺得她寫的內容是真的嗎？」宇馳認真地問：「她們不是因學業自殺？！」

「老實說，我也不知道。」他搖搖頭：「我完全沒想到，那幾個死去的女生，其中一個是你的妹妹，真的很抱歉。不過，我總是覺得，也許這是上天的安排，冥冥中把我調查的失蹤事件跟你妹妹的自殺案……連結起來了。」

「的確是！」

宇馳繼續追問更多有關邱雯晶的事，而我看著圓圓細閱那封手寫的信。

「有什麼發現？」我問。

她的雙眼在發光。

可以讓她這麼興奮的，只有兩樣東西，一、是遊戲，一、是……

「謎題」。

「空，你看！」她說。

在信中所寫的內容，都非常簡單，有一些問候語和介紹自己是四年前的那個女生，還有剛才那句「不是因學業而自殺」的內容，而最特別，亦是令圓圓雙眼發光的地方……

邱雯晶在信的背面，留下了一個「謎題」。

**「那個晚上，我去了酒吧喝酒，啤酒二十元一支，四個樽蓋可以換一支啤酒，兩個空樽也可以換一支啤酒，請問，我有一百元，我可以喝多少支啤酒？」**

**「啤酒的數目，就是自殺原因的關鍵。」**

這是……什麼意思？？？

「你們也看到了嗎？」阿樹指著我手上的信：「這個是什麼意思？你們看得出來嗎？嘿，老實說，我對這些謎題完全沒有興趣，你們看看可不可以找出答案。」

「沒問題！」我給他一個自信的眼神：「這是我們調查社的……強項！」

**《希望或者會變成殘忍，但存在希望還是有它的原因。》**

**「那個晚上，我去了酒吧喝酒，啤酒二十元一支，四個樽蓋可以換一支啤酒，兩個空樽也可以換一支啤酒，請問，我有一百元，我可以喝多少支啤酒？」**

「讓我來破解吧！」我拿出了紙筆寫著。

他們全部人一起聽著我的解說。

首先，用一百元買五支啤酒，有五個樽蓋、五個空樽，拿四個樽蓋換一支啤酒、四個空樽兩支啤酒，還餘下一個樽蓋、一個空樽。

換了後，多了三支啤酒，有三個樽蓋、三個空樽，加上剛才餘下的一個樽蓋、一個空樽，一共就四個樽蓋、四個空樽，四個樽蓋又可以換一支啤酒、四個空樽又可以換兩支啤酒。

又換了三支啤酒，然後是三個樽蓋、三個空樽，繼續下去的話……

換一支啤酒，四個樽蓋、兩個空樽。

換兩支啤酒，兩個樽蓋、兩個空樽。

換一支啤酒，三個樽蓋、一個空樽。

已經不夠四個樽蓋與兩個空樽換啤酒的條件，所以來到這裡就沒法換下去了。

「好像……很複雜。」宇馳看著我寫下的內容。

「簡單一點。」我在下方畫了一個圖表。

「這樣就清楚了！」野芽看著圖表。

| | 啤酒 | 樽蓋 | 空樽 |
|---|---|---|---|
| 第一次買酒 | 5 | 5 | 5 |
| 第一次換酒 | 3 | 4 | 4 |
| 第二次換酒 | 3 | 3 | 3 |
| 第三次換酒 | 1 | 4 | 2 |
| 第四次換酒 | 2 | 2 | 2 |
| | 1 | 3 | 1 |
| | | | |
| 總計 | 15 | | |

「經過四次換酒之後，一共可以喝十五支啤酒。」我自信地說。

「你真的很厲害，我完全沒這方面的邏輯天分！」阿樹說。

此時，圓圓在認真看著我的圖表。

「怎樣了？應該沒有計錯吧？」我說。

她搖搖頭：「你沒有計算錯，不過，還有方法可以換到更多的啤酒。」

我皺起眉頭。怎可能？還有什麼方法？

「現在最重要的是『啤酒的數目，就是自殺原因的關鍵』這句說話。」圓圓說：「這是什麼意思？」

我們靜了下來，沒有人知道真正的答案。

「剛才我找到了一些資料。」野芽打破了沉默：「那個Facebook自殺專頁一早已經刪除，不過，我可以用方法得到當時專頁的舊資料。」

當時Facebook專頁管制還沒有現在那麼嚴厲，所以這些「鼓勵人自殺」的專頁一直存在。

「這有什麼用？當年空跟圓圓已經一早調查過四個女生，包括我妹妹的對話記錄，也沒有任何的線索。」宇馳說。

「對，而且我們也調查過所有有關係的人，甚至只是留了一個『Hi』的人也調查過了，也不關這次自殺案的事。」我說：「沒有任何漏洞。」

當年，我們三個人日以繼夜去追查專頁上有關的人，共同朋友、甚至朋友的朋友，都沒有一個跟自殺案有關，當時的調查沒有半點的進展。

「等等！」圓圓看著專頁的簡介。

簡介上寫著……

**「我們約定一起去一個沒有痛苦的夢幻島，找尋新的開始、新的生活。雨文三日字」**

「圓圓妳看到了嗎？」野芽已經一早看到了：「當時可能你們根本不知道『名字』，所以忽略了這一點！」

圓圓回頭看著我：「有新線索了！」

「有什麼問題？妳們發現了什麼？」宇馳不解地問。

「原來如此……」我看著簡介上的字：**「沒有痛苦的夢幻島……雨文三日字……」**

「雨文三日」不是一個日本名，把四個字合起來，這是……

……

……

．

「雯晶！」

「可以改動簡介的只有版主與管理員。」我看著宇馳說：「宇馳！圓圓！野芽！」

「在！」

我露出一個充滿決心的笑容。

「四年前這宗集體自殺案，我們**重新再次調查**！」

就算最後查到她們自殺的原因還是「學業」，我也想再次調查一次！

以現在我們的能力，再調查一次！

**《謎底還未揭開，歷史或會更改。》**

DIED [illegible] A SOLDIER'S [illegible]

Sergt. Sam Yerrell, [illegible] fourth son of M[illegible] Stiles, Eastgate, Peter[illegible] killed in action. Th[illegible] regiment sustained [illegible] other son having been [illegible] Neuve Chapelle last year. [illegible] Yerrell had been in France [illegible] the war, and a [illegible] writing [illegible] 30th says: "Poor Sam has been killed [illegible] morning. I have been up to his [illegible] and found out all about it. To-night [illegible] going to see him buried [illegible] on. He had both arms shattered by a [illegible] and, as a fellow was bringing him [illegible] our trench they [illegible] Boshemans jumped out [illegible] went to stop them. As soon as he got to Sam, a German fired at them, the bullet passing through Sam's back and right through the officer's heart. The officer was killed instantly, and poor Sam died an hour afterwards, before I could get to him. He

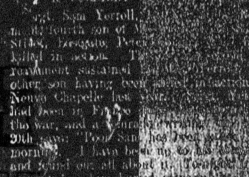

CASE
THREE

# Our Promise

# 約定的夢幻島

## 過客別墅

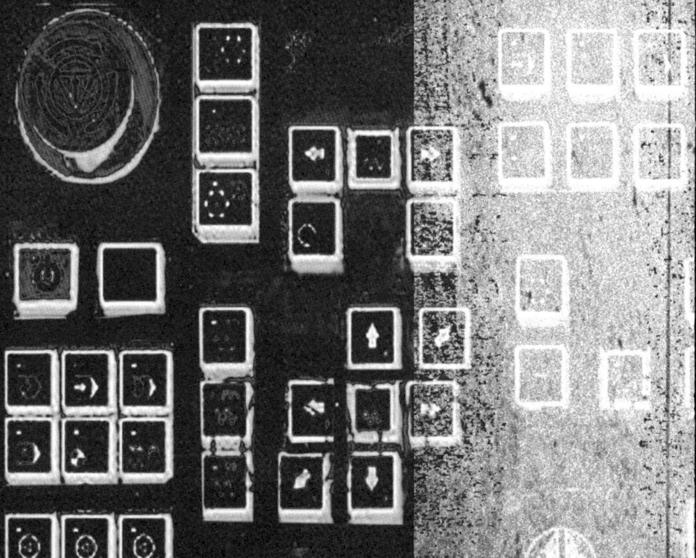

CASE THREE

Our Promise

# 約定的夢幻島

## 過客別墅 01

晚上，調查社天台。

我躺在一張平躺的沙灘椅上，看著多雲的夜空。

「我來案件重組一下。」我拿出了iPad。

「四個女生經一個Facebook的自殺專頁認識，然後相約一起到長洲的渡假屋燒炭自殺。遺書中，說明了四人都有相同的自殺理由，也是為了學業了結自己的生命，經警方調查後，認為事件無可疑，以自殺案處理。」

我咬了一口魚肉腸。

現在的學生學業壓力非常大已經是不爭的事實，加上家庭環境、看不清的前路、對世界的絕望感等等，學生的自殺率一直也高企，加上社交媒體廣為流傳與報導的自殺案，讓學生脆弱的心靈產生的「傳染效應」，最後決定了輕生。

在大城市競爭的風氣，讓學生完全喘不過氣來，成功的定義，都被我們放在成績之上，沒有好成績就只會成為社會上的垃圾。其實，人生還有很多不同的道路，不一定只寄託在「成績」之上。

可惜，在這個教育制度之下，根本只會把學生推向「唯一的道路」。

自殺的成因大多都是「非單一性」，都是因為有很多的不同原因加起來才會選擇自殺，而「學業問題」是所有可能性中最大影響的因素。

「四年前，我們認識了宇馳，我跟圓圓一起調查他妹妹的自殺案，我看看……」我拿出旁邊的資料：「四個死者的名字是谷宇蔡、張欣敏、李彩珍，還有周婉兒。」

因為當時我們還未認識華大叔，所以只能用調查員的身分去接觸幾個女生的家屬，除了宇馳以外，其他家屬都認為是學業問題引致自己的女兒、家姐、妹妹等選擇走上不歸路。當時，她們四個女生都留下了遺書，內容大致也是說原因是不勝學業壓力，最後也由警方認定為「自殺」結案。

當然，宇馳的家人也是這樣想，就只有宇馳不認同「因學業自殺」的說法。

他最疼愛這個妹妹，因為家境窮困，宇馳很早已經出來工作，學費、書簿費之類的費用，都是由宇馳來負擔。

宇馳認為，如果是為了「學業自殺」，在遺書中**沒可能不提起宇馳這位哥哥**。

我非常明白宇馳的想法，不過，如果因為這樣就覺得谷宇蔡不是為了學業自殺，也未免太那個了。

當然，我沒有直接跟宇馳說他的想法有點「不合邏輯」。

當年我跟圓圓在專頁刪除之後，找來了電腦的技術人員調查了所有有關專頁內的留言與Inbox，當時野芽還未入職。不過，也沒有找到跟這宗集體自殺案有關的內容。

最後我跟圓圓都認為，谷宇蔡自殺的確是因為過量的成績壓力。

沒想到四年後的今天，有另一個叫櫻花樹的男人來找我們調查這一宗自殺案。而我們得到的新資料……

「去渡假屋自殺的女生，不是四人，而是『五人』。」

當年櫻花樹在調查一宗失蹤案件，當事人叫邱雯晶，她在事件後失蹤了一個月，當阿樹在某間club找到她時，她跟阿樹說出了其實自己是第五個自殺的人，不過，因為她害怕而逃走，活下來。

一宗自殺案、一宗失蹤案，本來各不相關，現在，兩條不同的「線」……

相連起來了。

**《當你長大到一個可以自我安慰的年紀，你就知道痛苦不只是你自己。》**

當時，邱雯晶不是跟其他四位死者一起到達渡假屋，所以渡假屋屋主也不知道有五個人，而且當時的資料中，有查問過附近其他渡假屋入住的遊客，還有當年的便利店職員，也只是說見到四個女生來買「炭」，沒有第五個人。

所以根本就沒有人知道，邱雯晶入住與最後離開了渡假屋。

雯晶是其中一位死者的朋友？又是哪一位的朋友？

不過，今天野芽找回的舊專頁介紹資料之中，所寫的「雨文三日」，很大機會就是「雯晶」，即是邱雯晶。這個專頁的管理人，就是她嗎？是她開了自殺專頁？

她不是其中一位死者的朋友？只是網友？

四年後，她把那封信寄給了阿樹，是因為朋友死去，自己沒有死而受到良心責備嗎？

那個啤酒謎題又是什麼？

「啤酒的數目，就是自殺原因的關鍵……」我在想著：「明明就是十五支啤酒，為什麼圓圓說可以喝更多？」

太多的問題了……

我坐了起來，再咬下魚肉腸。

每次吃魚肉腸，就好像咖啡一樣，可以讓我頭腦清醒。

此時，我的手機響起。

「我知道你會打給我。」我第一句說話。

「空。」宇馳的聲音很低沉：「可以跟你聊聊嗎？」

「我已經預留一晚時間給你。」我說。

「你覺得我妹妹的自殺原因另有內情嗎？」他問。

「你不也是這樣想？」我想了一想：「你一直不也是覺得宇蔡的死不是因為學業嗎？」

「其實……」宇馳欲言又止：「我很怕知道『真相』，這幾年來，我們也幫助很多委託人找出死者自殺的真相，我知道……真相是很殘酷的。」

「宇馳……」我吸了口氣：「你何時變得這麼他媽的懦弱？」

我一直也很直接，他是知道的。

「就因為你一直以來不相信宇蔡是因為學業問題而自殺，我才會決定重新展開調查，現在去你的跟我說什麼『真相很殘酷』？你是不是腦袋有問題？」我吐出煙圈：「對，世界上有很多殘酷的真相，不過，我們就因為不想去面對，不去找出真正的答案？」

「空……我……」

「對不起。」我認真地說。

我突然說出了這三個字。

宇馳語塞。

「在四年前，我跟圓圓把事件結案了。如果當時我們一直追查下去，或者可以找到阿樹這一條線索，所以……」我看著夜空：「就讓我們彌補自己的不專業，讓我們追查下去，好嗎？」

在一刻，宇馳不是我的下屬，而是我的「委託人」，是我跟圓圓失職了，我要向他道歉。

「我一定會找到你妹妹自殺的真正原因！這是我，還有我調查社所有員工的職責！」我誠懇地說。

調查社所有員工，包括了……宇馳。

「空……」

我更堅定地說：「我們一起找出真相吧！讓宇蔡，還有深愛她的每一個人，得到最後的答案！」

深愛谷宇蔡的每一個人，同樣，包括了……宇馳。

他沒有立即回答，我知道，他不讓我知道，他……

正在流淚。

他不想讓我知道他在流淚

怎樣？我調查社的員工，都這樣倔強的？嘿。

良久，他終於說話。

「我以委託人的身分接受你的道歉，同時……」他說：「我以自殺調查社成員的身分答應你，我們一定可以找出背後的真相！」

「嘿，很好，這樣才是我認識的谷宇馳。」我笑了。

每個人都有脆弱的時候。

而我知道，我要如何去開解脆弱又倔強的人，他們根本不需要那些虛假的安慰，他們只需要有一個信任的人跟他說……

仆街仔，我一直站在你身邊！

「宇馳，我們就一起找出宇蔡自殺的真相吧！」

**《你懂的人，最真實，懂你的人，很難得。》**

第二天早上，自殺調查社。

我在安排今天的工作。

「野芽，查到了嗎？」我問。

「對，已經查到了，」野芽把資料給我看：「全港有二十三個邱雯晶，只有三個現時是大約十九、二十歲的年紀，範圍很細，可以一小時後出發去找這三個邱雯晶！」

因為阿樹說舊資料在舊偵探社，而偵探社已經倒閉了，所以已經沒法找到委託他的邱雯晶的家人，而邱雯晶當年的電話號碼也變成了空號，現在唯有依據她的名字追查。

「野芽做得好！」我給她一個讚的手勢：「另外渡假屋的地址呢？」

「地址方面完全沒問題！」宇馳說：「我看看長洲船期是多少分鐘一班！」

宇馳立即走回自己的辦公桌查看船期。

「很好！」

圓圓看看宇馳再看著我說：「怎樣了？宇馳今天這麼落力，你下了什麼魔法？」

「是詛咒。」我笑說：「也曾在妳身上下過的咒術。」

「是嗎？」她莞爾。

「妳跟宇馳去長洲，妳要看著他，知道嗎？」我說。

她跟我單一單眼。

「野芽去找尋那個邱雯晶，宇馳與圓圓去渡假屋再次調查，而我會去找當年死者的家屬。」我說：「好吧，今天大家要努力，我們一定可以找出宇蔡跟其他三個女生自殺的真相！」

「好！」

大家的氣勢很不錯，沒問題的，四年後的我們，一定有足夠的能力把自殺的原因……找出來！

下午，元朗某間意大利咖啡店。

「你這件雨褸不太襯你，最近你的品味好像變差了。」她說。

「沒辦法，沒有妳幫我挑，就是差一點。」我笑說：「如果妳全職回來幫手，我的衣著品味會更好。」

「才不要。」她喝了一口咖啡，留下了一個唇印：「他們幾個怎樣？有努力工作嗎？」

「都差不多，遲到、早退、病假一個月都有幾次吧。」

「如果是我管理，一定不會變成這樣。」

「是嗎？嘿。」

她跟我是完全不同性格的管理層，不過也沒有誰對誰錯，每間公司都有自己的管理方法。

她是許茹繪。

她就是我們自殺調查社的「第三個半」調查員。

她衣著時尚、樣子漂亮，散發著一種高貴的氣質。繪現在是一間世界知名品牌的服裝設計師與管理層。

如果我是她，我也會選擇做設計師，也不會全職做調查員，嘿。

繪在我還未開自殺調查社之前已經認識，我們一起讀書，而且，是她鼓勵我開調查社。

「今天是探訪四年前集體自殺案的家人。」她看著手上的資料。

「所以我才會找妳幫忙。」我說。

「沒問題，很簡單。」她說。

要得到更多的情報，多一個漂亮的女生在身旁，怎樣也比我一個大男人來得更好。

「好吧，出發吧。」繪說。

我們第一個目的地，是元朗一間洗衣店，這是死者張欣敏的家人，他們在元朗開洗衣店已多年，而且在四年前我拜訪時，是最合作的。

我們走入了洗衣店，已經見到了張欣敏的爸爸。

「你好，是我，尾崎空。」

《人與人之間，有很多事沒有對與錯，只有人夾人。》

一個肥胖的四眼男人托一托眼鏡看著我。

「尾崎空？你是……那個什麼調查社的人？」他說：「我記得你！」

「沒錯，四年前我們見過面。」我微笑說：「她是我的同事，許茹繪。」

「張先生，你好。」繪禮貌地點頭。

「妳好。」張爸爸笑說：「很久不見了，你為什麼會來？」

「我是來調查你女兒那宗自殺案的，我們還在繼續調查之中。」我直接說。

張爸爸有點錯愕，臉上出現了痛苦的表情。

繪立即把我推後，走上前跟他說：「我們只是來探訪你，沒有惡意的。」

然後繪回頭看著我，給我一個凌厲的眼神。

「你這個大白痴，別要這麼直接好嗎？一點也沒有改變！讓我來吧！」

只是一個眼神，我已經知道她想說這句說話，我只能無奈地苦笑。

或者，對著之前的黑擇明，又或是曾思敏的媽媽，我的「直接」是很有用的，不過，如果對著脆弱的人，就如張爸爸，也許繪會比較適合應對。

我們互相介紹後，坐了下來閒談，說東說西的，繪就是沒有說任何一句有關案件的事。

「我這裡地方淺窄，別要介意。」張先生說。

「不，是我們來打擾你了。」繪微笑說。

張先生喝了一口茶，然後說：「有關欣敏的案件……」

在閒談之中，繪一直也沒有提過有關他女兒案件的事，就是想他先主動提起。

「沒什麼，只是欣敏學校找過我們幫忙，他們想做一本十周年校刊紀念特刊，紀念學校的優秀學生。」繪微笑：「所以想了解更多欣敏的資料。」

「原來是這樣……」

繪說的當然是假的，不過美麗的謊言的確是有用。

「我想知道，欣敏在生時，有沒有特別喜歡什麼？比如歌手、興趣之類。」繪問。

「她喜歡畫畫。」張先生說：「從小就喜歡了。」

繪先從欣敏的生活開始問，張先生再次說出有關張欣敏的事。繪一步一步問得更深入，當然她很會捉摸對方的心情，就如變成了一個談判專家。

可惜，張先生所給的資料，都跟我四年前所聽到的大致上相同。張欣敏品學兼優，而且對家人也很孝順，會幫小學生補習幫補家計等等，我記得曾經也有聽過。

張先生說到流下眼淚，繪把紙巾遞給他。

「你知道欣敏認不認識一個叫邱雯晶的女生？」繪問。

「邱雯晶？」張先生搖搖頭：「我沒聽過這個名字。」

「明白。」繪在筆記簿中寫下：「另外，你知道欣敏是幫誰補習？」

「這個我也不知道，不過她很生性，每星期也會拿錢回來。」張先生說：「有次還買了一台電話給我，我的老友跟我說，那台電話也要四五千元左右。」

我跟繪對望了一眼。

「欣敏真的很乖。」她笑說。

「是，哈！很乖！」我盡力配合她。

「對，聽說你們是前舖後居，請問我們可以參觀一下欣敏的房間嗎？」繪禮貌地問：「我們可能會拍攝一兩張相片用來刊登於校刊之內。」

「沒問題，雖然我女兒已經離開了四年，不過她的房間我們還是原封不動。」

或者，不只是四年，張先生一生也不會改動張欣敏的房間，因為房間是用來回憶女兒的地方。

我們跟張爸爸來到了欣敏的房間。

房間的佈置很樸素，沒有花巧的顏色，完全不像一個女生的房間。當然，我們只是來「探訪」，所以沒法仔細地搜索。

繪從書桌上拿起了一本簿子，簿子上面寫著……

**「再生補習社」**。

**《要用很多年時間，才能讓失去變成習慣。》**

下午，長洲碼頭。

「已經跟渡假屋的屋主說好了，我們會去調查，正好今天沒有遊客租住。」圓圓看著手機的地圖。

「好，走這邊。」宇馳先行一步。

圓圓看著他的背影，宇馳已經很熟悉去渡假屋的方向，也許，沒有人比他來得更多次。

走了一段上山的路後，他們來到了渡假屋。

「16」、「17」、「18」……「32」。

圓圓看著一排的渡假屋，沒有了案發當時的「19」號渡假屋。

此時，一個男人從渡假屋走了過來。

「宇馳老弟，很久不見了！」男人說。

他就是渡假屋的屋主，周大富。

「『32』號？為什麼沒有了『19』號？」圓圓還未打招待之前，已經問他問題。

「這位是……」

「筆杍圓，四年前她也有來過。」宇馳說。

「我記起來了！」

宇馳經常會來這裡，不過圓圓卻只是第二次。

「妳知道嗎？出現了命案之後，根本就沒有人會來租我的渡假屋，所以我就改了門牌的號碼。」男人說：「差不多用了兩年時間，命案的消息才淡化下來，渡假屋才可以租出。唉……當時為什麼要選擇我的渡假屋自殺呢？」

宇馳用一個兇狠的眼神看著他。

「我完全沒有惡意！只是感慨！哈哈！」周大富向圓圓伸出了手：「我再介紹一次吧，也許妳已經忘記我了，我叫周大富！」

圓圓跟他握手，不過她的視線還留在那個「32」號的門牌上。

「圓圓，怎樣了？」宇馳問。

「沒什麼，我總是覺得，有一點奇怪……」

「好吧，我們進去了！」周大富說。

他們三人進入了渡假屋。

渡假屋的室內設計也沒有什麼特別，跟正常的渡假屋一樣，白色的牆身，簡單的傢具，三房一廳，廚房和廁所。

在大廳有一扇落地玻璃門，可以打開走出後花園，一個燒烤爐放在後園的中央。

「那事件以後，我已經裝修過，而且做了一些簡單的法事，希望死去亡魂可以得到安息。」周大富說：「其實你們這次來的原因，是有什麼新發現嗎？」

「秘密。」宇馳說。

「明白的明白的，哈哈！調查事件當然不能公開！」周大富說。

「宇馳，怎樣我覺得這個大肥佬好像很客氣似的？」圓圓在他的耳邊問。

「因為我是他的大租客。」宇馳說：「我經常一個人租下這裡住。」

圓圓用一個驚訝的眼神看著他。

不用懷疑，除了是回憶以外，宇馳是想在這裡找到新的線索，可惜，四年來也沒有發現。

「放心吧，我們一定可以找到真正的原因！」圓圓用力拍打他的肩膀。

「打在我結實的背肌上，妳的手不痛嗎？嘿。」

圓圓跟他單一單眼，然後開始四處看。

「四個女生在晚上七時十五分從便利店買炭回到渡假屋，然後在十時半左右，被發現死在渡假屋的大廳之中……」圓圓開始回憶起來：「當時是誰發現的？」

宇馳指著周大富。

「是我，我在十時十五分左右報警，十分鐘後警察來到。」周大富說：「宇馳問過我很多次了，所以我記得很清楚。」

圓圓搖頭：「我的意思不是報警，而是發現燒炭自殺這事件。」

「我不明白。」宇馳說：「不是一樣嗎？」

「當時我收到一個沒有來電顯示的電話號碼打給我，告訴我出事了，然後我就報警。」周大富說。

「什麼？！」宇馳非常驚訝。

「發現的人」不等於「報警的人」。

圓圓皺起眉頭。

《不怕大煞風景，只怕觸景傷情。》

宇馳用力地揪起周大富朋的衣領！

「為什麼你一直也沒說？」宇馳怒氣沖沖。

「有什麼關係？！可能當時有路人走過，看到渡假屋內冒煙，然後在廣告牌上看到我的手機號碼，再打給我叫我報警！」周大富大聲說：「這又有什麼問題？」

「問題就在你以為是微不足道的事，四年前沒有跟我們說清楚。」圓圓說：「你有想過嗎？為什麼那個人不直接報警？要先打給你？」

「微不足道的事」……這句說話，也是圓圓跟自己說的，她有一份內疚的感覺，她自責當時沒有現在的洞悉能力。

「可能……可能他不想報警惹麻煩吧！」周大富說。

「如果不想惹麻煩，他甚至不用打給你，走過當沒事發生不是嗎？」圓圓說。

周大富想了一想：「好像……好像是吧……」

「有一個人，希望有人報警揭發自殺的事，而自己又不想報警惹麻煩……」宇馳看著圓圓說：「會不會是……」

「我知道你想說誰，我給你答案，我覺得不是『她』。」圓圓說。

她走入了渡假屋的其他房間調查。

「整間渡假屋好像光猛了很多……」圓圓走到玻璃窗前。

「對！因為經歷過那件事後，我加裝了幾個窗，除了讓人不再覺得陰森恐怖之外，也希望如果再出現什麼事故，都可以打開窗！」周大富說。

「這樣說，這些窗四年前是沒有的？」圓圓說。

「對！沒有！」

圓圓快步走回大廳，她打開了落地玻璃的大門，走出了草地。她觀察著四處的環境，草地前有一條小徑，可以從小徑一直走，然後下樓梯去到沙灘。

宇馳與周大富也走了出來。

「我想問，當年這落地玻璃的大門窗簾是閉上的嗎？」她指著銀色的窗簾布。

他想了一想：「沒錯，是閉上的。晚上大家都會閉上窗簾布，不是嗎？」

「因為要走上山路，所以不會是在正門看到冒煙，而是從渡假屋後面草地的小徑。」圓圓指著對出的小徑：「當時的窗簾是閉上，沒有人可以看到渡假屋內的情況，在晚上十時多，街燈很昏暗的環境之下，真的可以看到……『冒煙』？」

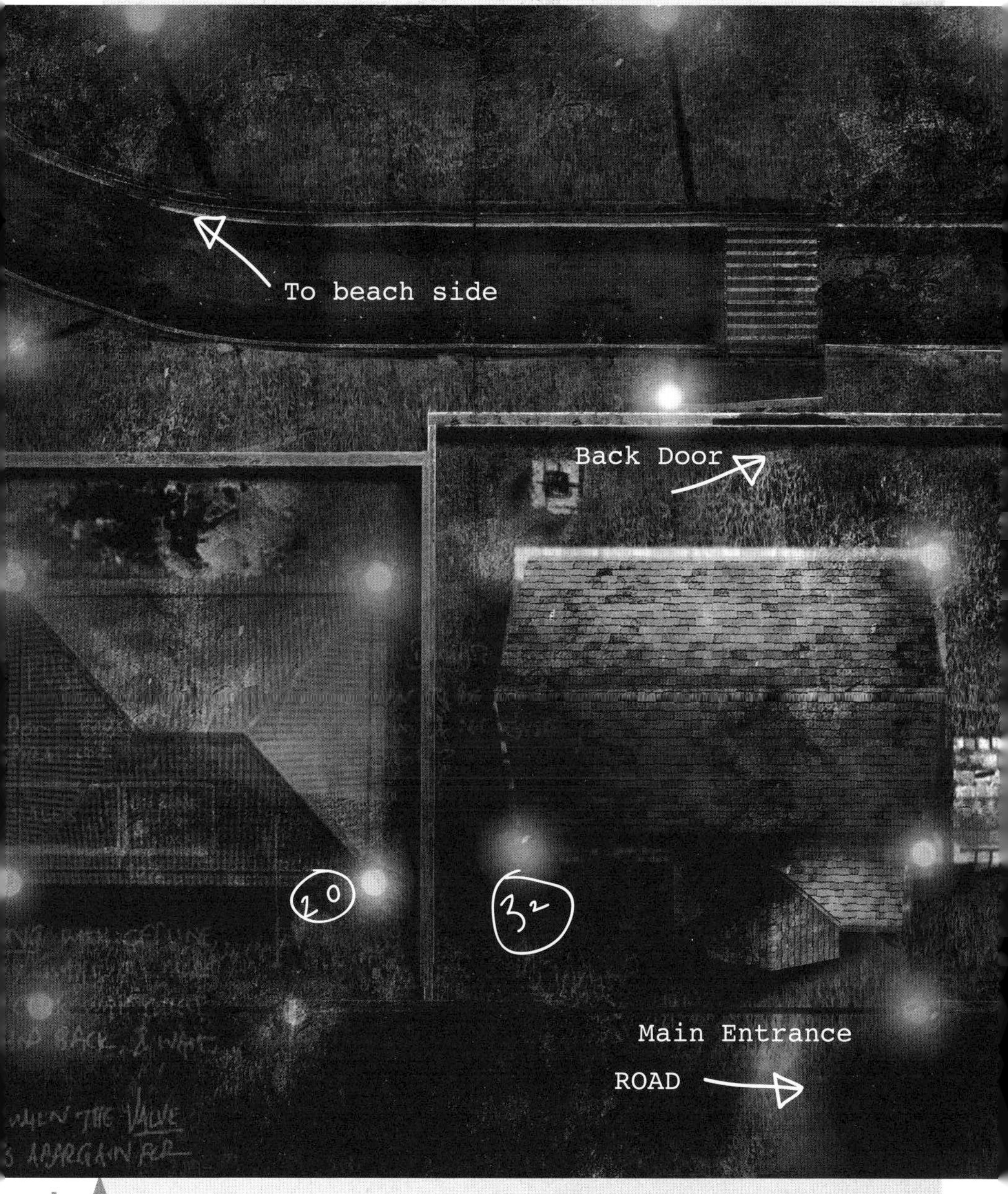
To beach side
Back Door
20
32
Main Entrance
ROAD

「妳的意思是……」宇馳說。

「為什麼打給大富叔的人，會說是冒煙，而不是……嗅到燒東西的味道？」圓圓說：「如果煙可以大到從密封的窗滲出來，燒焦的味道一定很大，為什麼不說嗅到味道，而是說是冒煙？」

「的確是！」宇馳大叫：「那個叫大富叔報警的人很有可疑！」

「已經四年前了，我也沒有留意這問題！」周大富說：「而且也是一個沒有來電顯示的人打過來，我根本不知道是誰！」

「不，我已經有一點眉目了。」圓圓看著宇馳：「宇馳，或者四年前我們沒有能力找出她們真正自殺的原因，不過，現在的我們，絕對可以！」

宇馳點頭：「我相信你們！」

「什麼『你們』？別忘記你也是調查社的一員，你應該說是……」

圓圓給他一個讚的手勢。

「我相信我們！」

**《友情牢固的原因，都只因互相信任。》**

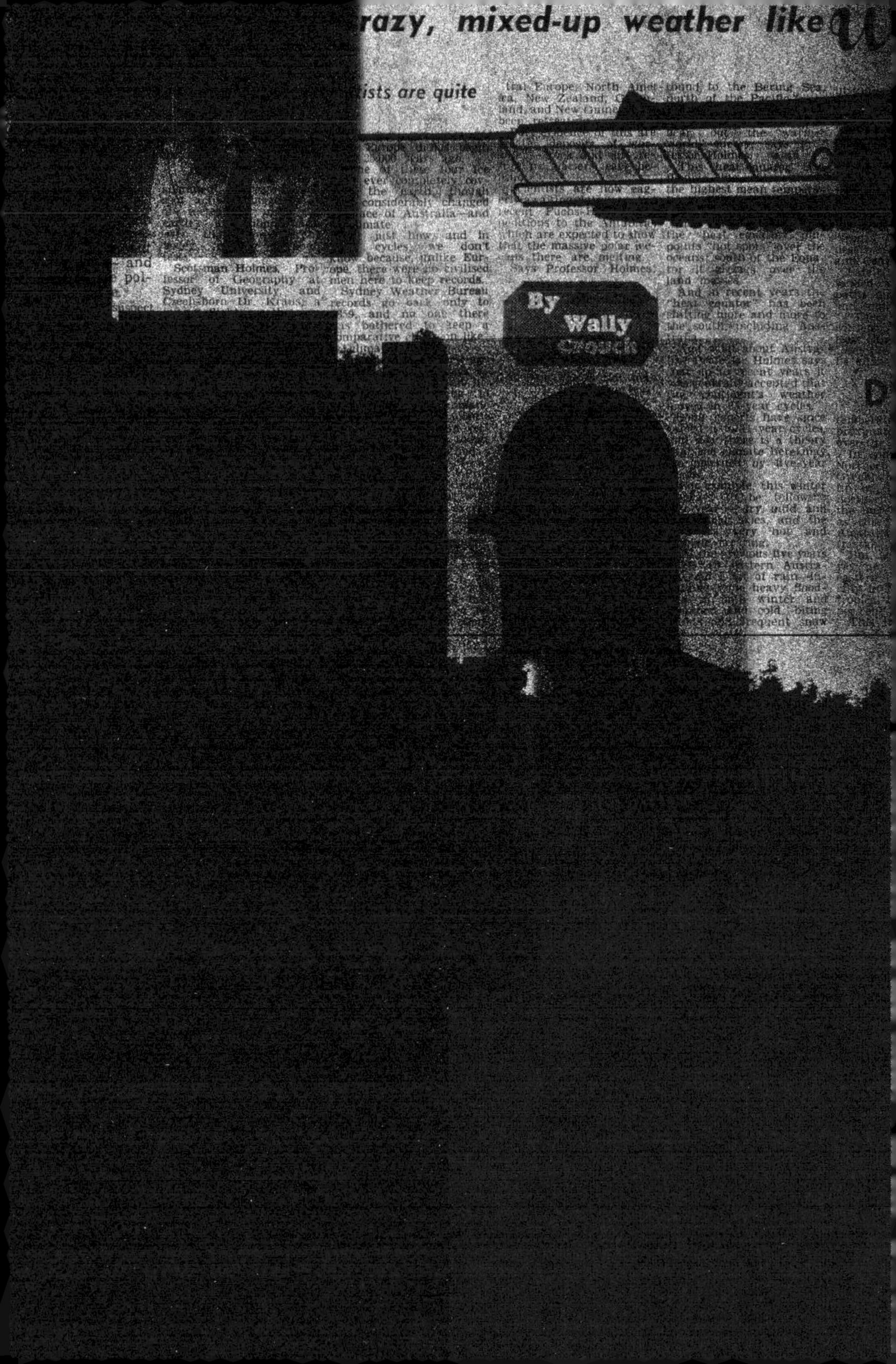

razy, mixed-up weather like
ists are quite
Scotsman Holmes, Professor of Geography at Sydney University and Czech-born Dr Kraus, a
know because, unlike Europe there were no civilised men here to keep records.
Sydney Weather Bureau records go back only to
which are expected to show that the massive polar ice caps there are melting.
Says Professor Holmes:
By Wally Crouch
And in recent years the "heat equator" has been shifting more and more to the south, including Aus

CASE
THREE

Our Promise

# 約定的夢幻島

斷 點

CASE THREE

Our Promise

# 約定的夢幻島

## 斷點 01

晚上，自殺調查社。

「很久沒來過了。」繪打開我的衣櫃：「空，你的衣著品味完全沒有提升。」

「他只有著雨褸，也沒什麼品味可言呢。」野芽說。

「妳錯了，就算是雨褸都有不同的剪裁與配搭，就如今年法國秋季Fashion Show……」

「等等！」我阻止了繪繼續說下去，然後在野芽耳邊說：「別要提及有關時裝的事，繪會說到滔滔不絕！」

「知道！知道！」野芽吐吐舌頭。

「好了，現在我們來分享今天得到的情報吧。」我回說正題。

「我先說！」野芽舉起手：「今天找到的三個同名，年齡大約十九、二十歲的『邱雯晶』，我找到了她們的社交網站，而且跟阿樹對照過了，都不是我們要找的那一位邱雯晶。」

「很奇怪，是改了名？」圓圓問。

「應該不會，因為幫助我尋找名字的人說，就算是改了名，也會顯示出來，即是說，全香港也沒有阿樹說的邱雯晶。」野芽說。

「這樣的話，是阿樹在說謊？還是他記錯了她的名字？」宇馳問。

「阿樹暫時沒有動機要說謊，不然，他來找我們調查就只是在浪費時間。」圓圓說：「至於記錯名字也許不可能，邱雯晶不是一個什麼特別的名字，我覺得不會記錯。」

「一定有原因的，我們再調查下也必定可以找到。」我說：「野芽，麻煩你朋友再check一次吧，看看是不是他有出錯。」

「好的！」

「另外，圓圓你們去到渡假屋有沒有什麼發現？」我問。

圓圓說出了「第一發現人」不是周大富的事，還有冒煙與氣味的問題。

「為什麼四年前你們沒有發現？」繪加入討論。

「老實說，四年前我們也是新手，未必可以洞悉到『第一發現人不等於報案人』這一點。」我說：「而且，周大富是屋主，他發現報警也完全沒有可疑。」

繪點頭。

「邏輯推理，現有我們知道一個『X』發現了冒煙的渡假屋，當時已經是晚上，而且街燈昏暗，他只是跟周大富說出冒煙而不是聞到臭味，然後他打電話給周大富叫他報警，當然，也許他自己不報警是怕麻煩，不過，如果是一個怕麻煩的人，我想他會直接路過，而不會有心打給周大富。」

圓圓補充：「還有，周大富說當時那個『X』是叫大叔直接報警，而不是叫他回去渡假屋看情況。當時窗簾是關上的，他根本沒法知道屋內發生的情況，為什麼會說直接報警？」

我在白板上寫上「可疑人X」：「這個『X』，就像是有心要周大富發現渡假屋中有人自殺一樣。」

「的確是這樣……」繪想了一想：「等等，如果是這樣的話，『X』會不會是第五個女生，即是邱雯晶？」

「我們也有想過這一點。」圓圓說：「不過，周大富說那個陌生的『X』是男人的聲音，所以排除了這想法，而且如果她當時是想拯救其他四個女生，她第一件事不是報警，而是大叫『救命』」

此時，宇馳從家中回來。

「空！」他氣喘地大叫：「有！我在家中找到了！」

他把一樣東西拿在手上。

**《所有計劃都必存在漏洞，而所有漏洞都不會相同。》**

「找到什麼？」野芽問。

宇馳把一本簿放在桌上，簿上寫著……「再生補習社」。簿的封面就如學校用的簿子一樣，中間印著一個像校徽的太陽微笑圖案，而在下方可以寫上姓名。

「看來這補習社應該跟我妹妹自殺有關！」宇馳大聲地說。

「補習社？是什麼意思？」圓圓問。

「除了宇馳家人，今天我跟繪找回四年前自殺案一個女生的家人調查。本來，我以為跟四年前一樣，在他們身上沒法得到任何線索，沒想到，我們發現了四個女生都有『共通點』。」我說。

我拿起了那本簿。

「四年前，因為事件發生了不久我們就去調查，傷心的家屬根本沒有讓我們作徹底調查，比如給我們走入死者的房間搜證，所以我們沒有發現這次找到的線索。」我看著繪：「再加上我們三個都不擅長去跟脆弱的家屬溝通，所以……」

「我終於明白為什麼空這次要找繪姐幫忙！」野芽高興地說。

「別叫繪姐，叫得我很老！我也不是大妳很多，丫頭！」繪走到白板前：「我看過你們調查的資料，發現了她們四人都是在網上認識，也是在不同學校上學，除了一起跟隨那個自殺網頁以外，就沒有其他的『共通點』，除了這間『再生補習社』。」

「對，現在也知道宇馳的妹妹亦擁有這補習社的本子，其他三個女生也同樣有。」我在白板上畫下了一本書的圖案：「她們是去了同一間補習班？還是替這間補習班打工兼職，幫助小學生補習？這是非常重要的線索。」

「讓我看看。」圓圓拿過了簿子：「只有在封面上寫了名字，裡面什麼也沒有。」

「很奇怪吧？如果是用在補習社，怎樣也應該有寫上什麼，但現在四個女生的簿子中，什麼也沒有。」我說：「她們在遺書上所說的『因為學業自殺』的原因，會不會就是跟這間補習社有關？」

「嗯，一定有關係。」圓圓舉起了簿子，在燈光下一頁一頁看。

「野芽！」我看著她。

「立即調查！」

野芽快速在電腦上敲打，她已經知道我想查商業登記署有關這間「再生補習社」的資料。

「很好，現在已經多了兩條線索可以追查下去！」宇馳說。

「老實說，當年我們竟然沒找出這些線索。」我有點內疚：「如果是這樣，我們跟警方說『沒有可疑』有什麼分別？」

「的確是。」圓圓臉上也出現了失望的表情：「如果……」

「喂！」宇馳用力地拍打桌面。

然後他走到我們兩人之間……

一左一右把我們擁入懷中！

「我不是已經說過原諒你們嗎？」宇馳說：「空！又是你說的，會把真相調查得清清楚楚！你們在自責什麼？我相信你們！不，是我相信我們！」

我苦笑了。

我不是說過嗎？

總有些人，是知道如何去安慰自己。

「呀！！！」野芽突然大叫。

「怎樣了？已經找到了那間補習社的商業登記資料？」我問。

野芽搖頭說。

「不是……而是我已經找到了……

邱雯晶的資訊！」

**《合作最重要，就是擁有共同的目標。》**

「我朋友終於找到了『邱雯晶』這個名字，而且他把找到的相片交給我，我也跟阿樹核對了身分。」野芽說：「是同一個人！」

「很好！我們明天就可以找她！」宇馳說。

野芽搖頭：「也許，你不能找到她了……」

「為什麼？」我不解。

「不會吧……」圓圓已經想到了，立即走去看野芽的電腦。

「我朋友找到『邱雯晶』這個名字的地方，是在……『無人認領遺體搜尋系統』！」

「什麼?!」

在場的人也非常震驚!

「無人認領遺體搜尋系統」，簡單來說就是當發現任何屍體不能確認身分，又或是沒法聯絡上死者的親屬，死者就會被放入搜尋系統之中。

香港有這麼多無人認領的屍體嗎?

在全港公立醫院殮房，至少有十至二十具長時間無人認領的遺體，有些遺體甚至已存放長達一年。其實，遺體在正常情況下只會存放在殮房一個月，不過，一般的遺體大約兩周，外表已經會開始腐爛。

而延長存放限期大致上都是由警方申請繼續保留遺體作調查用途，不過，如果存放限期屆滿後仍然無人認領遺體，殮房會通知食環署，署方會按既定程序將遺體土葬或火葬。

同時，會把無人認領的屍體資料，放入這個系統之中，讓一般市民查詢。

「讓我看看！」

我跟其他人一起看著螢光幕的資料。

野芽的朋友從「無人認領遺體搜尋系統」開始調查，找到更多邱雯晶的資料。資料提到，邱雯晶在兩年前，因為一次車禍死去，因為沒法聯絡上她的家屬，所以屍體無人認領。

我看著那張相片，留著中長髮的邱雯晶，外表清秀。

「怎會沒有人認領遺體？她不是有家人？」繪說：「而且……她不是上星期才寄信給那個阿樹的嗎？怎可能在兩年前去世？」

「這件案件，愈來愈奇怪了。」我皺起眉頭。

「會不會是……她的鬼魂？」野芽裝出了一個驚嚇的表情。

「別要嚇我！」圓圓非常驚慌。

「不，絕對不會是什麼鬼魂！」我認真地說：「必定是有人在暗地裡搞鬼！」

「野芽、宇馳，你們找華大叔，看看可不可以得到更多邱雯晶死亡的資料。」繪說：「圓圓妳跟進那間補習社的事，另外，我總是覺得那個叫阿樹的男人有點奇怪，沒有他就不會出現這麼多事端，我想親自去見見他。」

調查社內，大家也看著繪，然後再看看我。

嘿，沒錯，因為我才是自殺調查社的老闆，不過，現在卻由繪安排大家的調查工作。

「大家就聽繪的說吧！」我笑說：「我沒有異議。」

「沒問題！」

如果以營運一間正式公司來說，繪絕對比我更優秀。可惜，她最後也退出了，然後尋找她的時裝夢想。

不過，如果她最初有留下來，我們應該每天都會大吵一場，我跟她做事與調查的方法完全合不來。

就像當年分手一樣，也許，「分開」是我們最好的選擇。

沒錯，我們曾經是對方的……

「前度」。

**《有些關係，朋友比情人更長久，更能接受。》**

三天後。

今天，野芽、宇馳跟華大叔見面。

「這是你們託我調查的資料，邱雯晶，十八歲，交通意外身亡。」華大叔吐出了煙圈：「兩年半前，雙親相繼病逝，從大陸來香港的她，沒有任何親人，交通意外後沒有人認領遺體。」

他們兩人在看著資料。

「又是人間悲劇，一個大好青年就這樣死去。」華大叔有點感慨：「那次車禍的司機已經被判危險駕駛引致他人死亡，監禁十年。那不是自殺，是真正的意外，如果你們是調查她是死於自殺，應該沒可能了。」

「不，大叔，邱雯晶是調查我妹妹自殺案的重要線索，我們不是調查她的死因。」宇馳看著檔案內容。

「原來是這樣。」華大叔說。

「看來真的是意外死亡，沒有什麼疑點。」野芽在想著：「明明已經在兩年前死去，但為什麼在不久之前，她可以把信寄給阿樹？」

「不會是什麼鬼魂，也許是她一早已經寫好的信，想告訴我們真相，不過她這封信未能寄出就意外死去，然後，有『另一個人』把她寫好的信寄給了阿樹。」宇馳說：「大叔，有沒有邱雯晶死前的住址？」

「有，這裡有寫。」他指著文件。

「在柴灣舊區。」

「你不是想去看吧？」野芽問。

「對，如果妳怕，我一個人去也可以。」宇馳拍拍她的頭。

「這樣……」野芽在考慮：「好吧！不過如果出現鬼魂……」

華大叔跟宇馳對望了一眼。

「放心吧。」宇馳奸笑：「如果邱雯晶真的想我們幫忙，就算她是鬼魂，也不會傷害我們的！」

他這樣說，野芽更驚慌。

「走吧！大叔謝謝你幫忙，我們現在向柴灣出發！」

沙田大圍唐樓。

我跟圓圓來到商業登記署所寫的地址，不過，已經沒有了「再生補習社」，變成了「尖子教學中心」。

我們走上唐樓的樓梯，三樓就是這所補習社的位置。

「進去吧。」我說。

我們走入了補習社，很舊式的佈置，就是一張大桌子放於單位中央，在旁邊有幾張學校的書桌，還有幾個大書櫃。

「請問你們是？」

此時，一個四眼的中年女人走了過來。

我亮出了偽造的證件：「我們是特別雜項調查小隊MESUS的警員，我們是來調查四年前一宗自殺案的，那時這裡叫……『再生補習社』，對？」

「自……自殺案？」中年女人非常驚訝。

「妳是這間補習社的經營者？」圓圓問：「再生補習社都是由妳經營？」

「對，因為補習社已經是很舊的名稱，所以我改成了教學中心。」她說：「我叫朱美霞，這補習社是我開的，你們所說的自殺案是有關什麼的？」

「我們可以先坐下跟妳聊嗎？」我問。

她看看手錶說：「可以，還未放學，學生都在放學後來補習，現在還有時間。」

我跟圓圓坐了下來，簡單介紹我們調查的內容。

「再生補習社」除了是在這裡幫助學生補習班以外，還會邀請中學生幫助小學生上門補習，從中抽取佣金，而谷宇蔡、張欣敏、李彩珍、周婉兒四個死去的女生，也曾經是這裡的補習老師。

「最初只有谷宇蔡來幫忙，然後她介紹了其他三個女生來幫手，一起賺點零用錢。」朱美霞說：「之後因為她們再沒有出現過，我還以為……」

「不，她們四個人在四年前，一起在長洲渡假屋燒炭自殺死了。」圓圓說。

朱美霞深深呼吸，她一時沒法接受這個消息。

我知道圓圓在觀察著她的身體語言。

「妳……真的不知道她們已經死去？」圓圓問。

**《我們都感慨沒法回到年輕時，但有些人卻沒法活到長大後。》**

＊《香港法例》第374章《道路交通條例》的《危險駕駛引致他人死亡》，最高刑罰為罰款HK$50,000及監禁10年；如屬首次定罪者，可被取消駕駛資格5年或以上；如其後再次被定罪，則可被取消駕駛資格10年或以上。

「我怎會知道？我也是第一次聽到她們的死訊！」朱美霞反應很大：「因為她們不是員工，也沒有跟我簽合約之類的，我當年有找過她們卻沒有人接聽電話，之後就沒有再找她們了。」

「新聞也有報導呢？妳真的不知道？」圓圓追問。

「沒有！可能我去了旅行，沒有看到新聞報導。」

圓圓跟我對望了一眼，我知道她想我讓她問下去。

「明白。」圓圓看著四周的環境：「妳有沒有發現當時她們有什麼奇怪的舉動？有沒有跟妳說了什麼奇怪的說話？」

朱美霞想了一想：「因為她們不用長駐在補習社，所以每一星期才會來補習社收取補習的錢。」

「是問妳拿錢？」圓圓問。

「對，因為補習完後，家長不會直接給她們錢，會交到我的補習社，我每星期都計好各人得到的金額，然後把錢給她們。」朱美霞說：「當年她們沒有來拿錢，我也覺得很奇怪，沒想到是因為自殺死去了。」

「妳有沒有那些需要上門補習的學生資料？」

「已經四年了，而且我們都改了補習形式，所以沒有留下客人的資料。」朱美霞突然想到：「你們是調查她們自殺的事件？為什麼會問到其他人的資料？」

「因為現在我們有新的線索，我們在懷疑她們不是自殺，而是……『他殺』。」圓圓認真地說。

圓圓在……說謊。

「怎可能？！」朱美霞不禁大叫：「我意思是……十多歲的女孩，怎會有人會如此兇殘下得了手？」

「所以我們就在調查。」

「我可以問你們一個問題嗎？」朱美霞問。

「可以。」

「你們是如何找到我這間補習社的？」她問：「而且是四年之後才來找我？」

「因為……」

正當我想說之時，圓圓阻止了我，然後說。

「我們找到了一個有力的證人，可以證明本來的自殺案有可能是『他殺』。」圓圓繼續說謊：「朱美霞，如果妳不想被牽連在內，請從這一秒鐘開始……**說出妳知道的事**。」

朱美霞瞪大了雙眼，非常驚慌。

觀察入眉的圓圓，已經從她的說話方式、身體語言中，發現這個叫朱美霞女人沒有把真正知道的事告訴我們。

「不……」朱美霞不斷搖頭：「我……」

「妳不說出真說話，我們也幫不到妳。」圓圓繼續恐嚇她：「也許，妳也是其中一位間接殺害她們的兇手！」

「我只是他們的……『中介人』，其他事不關我事！」

中介人？

我跟圓圓對望。

好了，她終於要把隱瞞的事……

說出來了。

中環國際金融中心商場，一間咖啡店內。

許茹繪約了櫻花樹在這裡見面。

「你的名字，真的很特別。」繪笑說。

一如以往，也是由「櫻花樹」這個特別的名字開始了話題。

「妳叫我阿樹可以了。」他喝了一口咖啡：「沒想到，你們調查社的調查員都是美女，嘿。」

「謝謝讚賞。」繪莞爾：「這次來找你，是想知道更多有關你跟邱雯晶的事。」

「我跟她嗎？其實也沒什麼特別的關係，只是偵探與失蹤者之間的關係。」阿樹說：「至於之前野芽跟我說邱雯晶已經在兩年前車禍死去，我真的很意外。我只是在半個月前才收到她的信。」

「可能是邱雯晶一早已經寫好了信，然後有另一個人把信寄給你。」

「的確，這是唯一最合理的解釋。」

「不是唯一，還有另一個解釋。」繪看著他。

阿樹用一個懷疑的眼神看著她：「另一個解釋？」

《誰是你最放不下的人，誰就傷你最深。》

「對，有另一個說法。」繪說：「就是由你把信寄給你自己，而不是另一個人。」

阿樹聽到後不禁苦笑：「許小姐，妳說我把信寄給我自己，然後來你們調查社找你們調查邱雯晶的事件？」

「沒錯，這就是我所說的另一個解釋。」繪喝下了咖啡。

「為什麼我要這樣做？」阿樹無奈地說。

「我這次來找你就是想來問你原因。」

「等等……」阿樹笑說：「妳現在好像已經認定是我做的一樣，妳想想吧，假設就算是我把信寄給我自己，我為什麼要多此一舉？如果我要找你們調查邱雯晶的事，我毋須這樣做，直接可以說兩年前，她把信交給我，不就可以嗎？」

繪想了一想：「你說得好像有道理。」

「當然！因為根本不是我把信寄給我自己！」阿樹被誤會有點激動。

繪咬了一下唇，她沒有說下去，只是看著阿樹。

「許小姐……」

「好了。」繪說：「我的測試完畢。」

「測試？對不起，我愈來愈不明白妳所說的話了。」

「因為我不太相信你的說話。」繪進入了正題：「對不起，我先跟你說明，調查社其他人都比較相信你，不過，我現在只是第一次真正見你，所以先做了測試，別要介意。」

「現在妳可以相信我了嗎？」

「或者，我沒有圓圓觀察力這麼厲害，不過，我卻比他們幾個只會查案的笨蛋更懂看人。」繪說：「我相信你是為邱雯晶好，你是想幫助她，但我不知道你為什麼要隱瞞，又或隱瞞什麼，不過，如果你想我們盡快找出邱雯晶留下的謎團，你應該把所有你知道的事告訴我。」

許茹繪一口氣說出了來找櫻花樹的原因，櫻花樹呆了一樣看著她。

「請問……這也是測試嗎？」阿樹微笑說。

「對，這是信任的測試。」繪說。

「許小姐……」

「叫我繪。」

「繪，我的確是想找出邱雯晶留下的謎團，還有想知道信中所說的自殺原因，不過，我真的沒有隱瞞什麼。」阿樹認真地說：「我也希望妳明白，能夠協助你們的話我一定會幫忙，但請妳相信我，我並沒有不能告訴妳的事。」

「一百分。」

「一百分？」

「如果你是在說謊，我一定會給你一百分，我完全相信了。」繪笑說：「好吧，我放過你了。」

櫻井樹無奈地苦笑。

「希望你們可以早日找到真相吧。」阿樹帶點傷感：「不過，真的沒想到邱雯晶在兩年前已經死去，那天野芽給我看她的相片，我差點忘記了她的樣子，只有十八歲就離開了，真的很可憐。」

「放心吧，我們會把她最後留下的謎團全部解開。」繪自信地說：「我相信我調查社的幾個笨蛋。」

「妳才是他們的老闆？我意思是，空也是妳的員工？」阿樹問。

他們開始閒聊著自殺調查社的往事，繪也問了一些有關金融的知識。

半小時會見過去，阿樹也要回到公司工作，他們結帳後道別。

「有需要就找我吧，我是看美市的，多數時間都在深晚工作。」阿樹說：「還有，替我跟『笨蛋調查社』的大家問好。」

「嘿，沒問題，我們再聯絡。」繪說。

阿樹離開後，繪留下來喝咖啡，此時，她的手機響起，是空。

「怎樣了，聊完了嗎？」空問。

「嗯，看來我看錯了，那個阿樹沒有可疑。」繪說。

「由妳說出來，我更加相信。」空說。

「你那邊呢？」

「有新發現，我們終於找到了這案自殺案的『斷點』。」空說。

「斷點？」繪不解。

「只要找到了『斷點』，就可以把所有的線索……

相、連、起、來！」

**《找到了斷點，卻還未找到終點。》**

WE DONT DICTATE STYLE
(DO WE WANT TO BE THE BOX OF CRAYONS & NOT JUST ONE COLOR?)

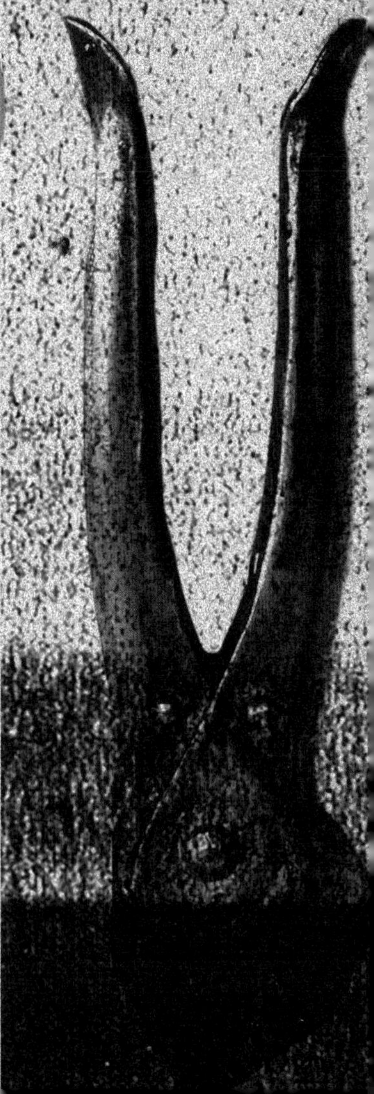

CASE
THREE

Our Promise

# 約定的夢幻島

## 無能為力

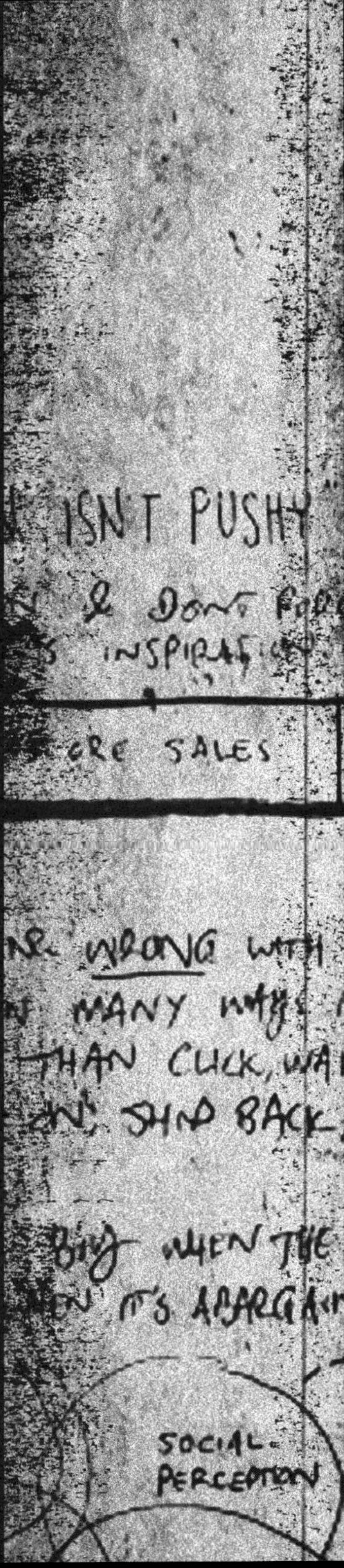

CASE THREE

Our Promise

# 約定的夢幻島

## 無能為力 01

三星期後。

元朗某舊式工業大廈的大單位內。

七個彪形大漢正在拿著水喉、鐵通、木棍攻擊他們！

攻擊尾崎空與谷宇馳！

嘴角滲血的尾崎空把其中一個男人摔倒在地上，同一時間，另一個男人用木棍揮向他的背後，尾崎空痛苦地向前翻滾！

另一邊廂，谷宇馳以一敵三，左閃右避，他嘗試找出還擊的空檔！

突然！一支鐵通揮向他的額頭，宇馳立即頭破血流！

其他兩個男人也一起加入戰團！

「媽的！」

宇馳沒有後退，他變得更加憤怒，就如一隻被攻擊受害的獅子一樣，他拾起了地上的木條還擊！

七對二的場面非常混亂，在單位內的攝影器材全被推倒！

尾崎空被其中一個男人用電線綁著頸部！他痛苦地掙扎！

他立即拿起身邊的磚頭重重轟在男人的頭上，男人立即昏倒過去！尾崎空沒有多餘的時間思考，另一個大漢已經向他揮拳攻擊！

空被打中臉頰，整個人向後退到宇馳的方向！

宇馳把另一個男人踢開，空配合他的攻擊，把手上的木條擲向攻擊的男人！

「怎樣了？沒事嗎？」宇馳額角上的血水已經流到他的眼睛。

「還好，好像掉了一隻牙。」空用手背抹去嘴巴的血水。

「放心吧，就算你打不過他們，我一個可打七個。」宇馳看著面前準備再次出手的七個男人。

「不，我怎可能把所有的功勞給你？我至少解決三個。」空笑說。

被迫到死角，尾崎空與谷宇馳再也沒有退路，他們決定轉守為攻，把敵人打得落花流水！

「來吧，兄弟！殺他們一個他媽的片甲不流！」

就像電影畫面一樣，他們二人……

衝向面前的那群男人！

……

……

…

五分鐘時間過去。

尾崎空已經累得整個人躺在地上。

他被打到沒法起來？

不，他只是在享受著勝利後的休息時間。

七個男人被他們二人打到沒有還手之力，逃的逃、走的走！

當然，空與宇馳不可能沒有受傷，他們兩人都傷痕累累。

宇馳重重一拳轟在一個趕不及追走，躺在地上的男人臉上，滿臉鮮血的男人，已經沒有還手之力。

「起來！我還未打夠！」

他再轟一拳！

「為什麼？！為什麼你們要做出這些事！去你的！人渣！」

宇馳一拳又一拳轟在男人的臉上，男人已經血流披面，不過，宇馳沒有停下來，他的手骨也快要碎開！

「宇馳！」空走到他的身邊，用盡力捉著宇馳的手臂：「夠了，你會打死他！」

「這些人渣死不足惜！」宇馳還在亢奮的狀況。

「不！他們會得到應有的懲罰！」空大叫。

「懲罰？我就是來懲罰這班禽獸！」

「如果你殺了他，懲罰的對象會變成你！我不會讓我調查社的伙伴得到懲罰！」

宇馳停止了攻擊。

「你打死他很簡單！不可以讓他們這麼簡單地死去！要讓他們的人生永遠被人唾棄！永遠成為過街老鼠！」

他緊緊握緊的拳頭……

終於鬆開。

同一時間，他的眼淚已經不能控制地流下。

「我們終於找出真相！其他的事，就交給其他人去處理吧！」空說。

宇馳整個人也變得乏力，他看著那個被他打到半死的男人。

「宇蔡……我們……我們終於替妳找出真相了。」宇馳哭著說。

他像個小孩一樣放聲大哭，空沒有阻止他，而是用力擁抱著他。

尾崎空只是看著這個大男孩失控地豪喊，看著一個一直抑壓著自己情緒，沒法釋懷的男人豪喊。

他苦笑了。

同時鬆了一口氣。

終於……

找到真相了。

**《一個男人，會在你面前大哭一場，代表了，你就是他一世的兄弟。》**

CASE THREE
Our Promise

# 約定的夢幻島

無能為力 02

三星期前。

柴灣舊區一所唐樓內。

野芽與宇馳來到邱雯晶的住所，她一個女生住在只有一百呎的劏房，環境非常惡劣。

「都過了兩年，你們還來幹嘛？」劏房的包租婆問。

「我們只是巡例調查。」野芽收起了偽造的證件。

「她的房都租出了，所以她的東西都掉了。」包租婆說。

「不，我們是來找有接觸過邱雯晶的人。」宇馳說。

「請問妳知道邱雯晶死前的事嗎？」野芽問。

「老實說，我只是租地方給她住，我不是太認識她，不過，她的確是一個好住客，從來都不拖欠租金。」包租婆說：「有時她還會買東西給我吃，我也很喜歡這個女孩。」

包租婆吐出了煙圈，神情帶點傷感。

「妳知道她有沒有什麼朋友？會不會帶人上來嗎？」野芽問。

「她應該有個男朋友，經常都會帶他上來的。」包租婆說：「不過，好像在她死前半年分手了，那半年也沒有見過那個男的。」

「男朋友？」宇馳問：「妳知道那個男的是什麼人嗎？」

「我怎知道？見到他們時都只是點頭微笑，沒有多問了。」包租婆說：「不過，雯晶應該很喜歡那個男的，他們分手後，我就再沒見過雯晶笑了，她總是愁眉苦臉。對！

我記得她的鄰居跟我說過，在他們分手之前的那個晚上，他們大吵了一場。」

「為了什麼吵架？」野芽問。

「好像是有關錢銀的。」包租婆說：「聽說是雯晶借了錢給那個男的，不過，他沒有還錢之類吧。」

「那個男的有沒有在邱雯晶死後來過？」宇馳問。

「我都說沒見過他了，如果來過我也叫他收拾一下雯晶的東西吧，最後我都把她的東西掉了。」她說。

野芽與宇馳對望了一眼。

本來，他們也覺得那封信可能是由她的男朋友寄出，不過，聽包租婆說，看來他們的關係不是太好。

「妳把全部的東西也掉了？有沒有發現什麼特別的東西？」野芽問。

「當然掉了！難道我連死人的東西也不放過嗎？我才不會！」包租婆說：「啊，等等，好像在雯晶死後，有些信件是寄給她的，我都收起來了，你們等等我。」

包租婆走入了其中一間傣房，不久她把一個超市的塑膠袋拿出來。

「就是這些。」

他們從塑膠袋拿出了一疊信件看，太多是電話費單、銀行月結單之類的東西。

「宇馳你看看。」野芽說。

野芽給他看的是一封粉紅色的信，在信封上寫著「地址不正確」。

「地址是寄到長洲的，因為郵局沒找到此地址，然後打回頭！」宇馳說：「信上是寫『19』號……」

「會不會是周大富把地址改為了『32』號，所以沒法寄到渡假屋，然後郵局根據信封背面的回郵地址打回頭了？」野芽說。

「應該就是這樣！」宇馳認同。

「包租婆，我們可以拿走這些信做證物？」野芽問。

「當然可以！」包租婆說：「雖然我不知道你們在調查什麼，不過，你們看來應該也是想幫雯晶吧？拿去吧！」

「謝謝妳，包租婆！」宇馳說。

他們一步一步，向著真相前進！

**《為了金錢而分手，絕對再沒有然後。》**

晚上，西貢露天咖啡店。

「你們很少這麼夜過來。」那位相熟的待應，把咖啡倒入我的杯中：「看來新案件不簡單。」

「沒錯。」我笑說：「今晚你們收幾點？」

「沒所謂，你們慢慢聊吧，反正晚上也不多人。」侍應說。

「好的。」

「你一天喝看多少杯咖啡？」繪看著我手上的杯子：「別要喝太多了。」

「習慣了，妳也知道我沒有咖啡與魚肉腸就沒法思考吧。」我說。
「死性不改。」
「妳在讚賞我？」
「你們兩個別要在我面前打情罵俏好嗎？」圓圓說。
「哪有？」我跟繪一起說。
此時，野芽與宇馳也來到了。
「空！邱雯晶……邱雯晶……」野芽跑到上氣不接下氣。
「你們先坐下來。」我說：「別急，我也有事要跟你們說。」
他們二人坐下來，點了飲品後，我們分享了今天調查的結果。

「我已經跟那個阿樹見面，他的確沒有可疑，只是想幫助邱雯晶，還有查出集體自殺的真相。」繪先說。

「現在連繪妳也這樣說，我看我們也不需要懷疑他了。」我說：「宇馳你們調查到什麼？」

「我們找到了邱雯晶寄到周大富渡假屋的信！因為大叔改了地址，所以信打回頭了！」宇馳把那封粉紅色的信放在桌上。

圓圓看著信上的字，然後再打開手機的相簿，回看邱雯晶寄給櫻花樹的信。

「字是一樣的，不會有錯，是同一人寫。」圓圓說：「邱雯晶寫的信！」

「還未打開嗎？」我問。

「沒，我想我們一起看！」宇馳說。

「好！」我看著他們說：「不過，在打開信前，我想跟你們說出今天我跟圓圓到補習社的事。」

「有什麼發現？」宇馳非常緊張。

「開辦再生補習社的那個女人叫朱美霞，她把所知的事都告訴我們了。」圓圓說：「她跟另一間公司合作，邀請未成年的中學女生替小學生補習。朱美霞找年輕的老師，那間公司找要補習的學生。」

「這也很正常吧，是商業上的合作。」繪說。

「本來我也是這樣想，不過，我們威脅了朱美霞，要她給我們看她的帳簿，發現了很大的問題。」我看著宇馳：「宇馳，以下我說的內容，你要先冷靜，我才可以說下去。」

「沒問題，我可以。」宇馳點頭。

「很好。」我深呼吸說：「朱美霞在四年前的收入大增，都因為小老師分拆的佣金非常高，差不多每一單都可以收到三千至五千元的佣金。」

「什麼？」宇馳說：「為什麼會有這麼多錢？幫小學生補習，不可能有這麼多的錢吧。」

「對，我們也是這樣想。」圓圓說：「所以，我們的意思是……」

宇馳不斷搖頭：「不可能……宇蔡不可能做這些勾當……不可能……不可能！」

我們看到他的反應，也不忍心說下去。

為什麼會有這麼多佣金？

如果沒有估計錯，除了是私人補習，她們四個女生有可能……

「出賣自己的肉體」。

《就算是世界末日，也比不上沒法接受的事實。》

再生補習社的朱美霞，收到私人補習邀請，她安排了就讀中學的女生去幫小學生補習。當然，她跟我們說她根本不知道找來的中學女生是不是真的去了預約的小學生家中補習，她只知道中介的角色使她收到了可觀的佣金，而那些要求私人補習的人根本不會告訴她「小老師」到達指定地點之後實際都在做什麼。

朱美霞說，四個女生都是自願去做私人補習，她從來也沒有強迫她們。

不過，我們從帳簿中找到資料，要求小老師到家私人補習的人，那些人的家中……

根本就沒有小孩。

即是說，在四個女生自殺之前，她們大有可能……

**出賣自己的身體來換取金錢。**

在邱雯晶的信中所說「不是因學業而自殺」，如果依照現在調查得來的結果，她們四個女生也許是因為內疚與感到羞恥，不能面對自己所做的事，選擇……了結自己生命。

也許有人會覺得……「會因為這樣而自殺」嗎？

如果是成年人，或者機會不大，但她們只是幾個十四五歲的學生，再加上「集體自殺」互相影響，最後選擇了結束生命，不是沒可能發生的事。

之前到洗衣店向張欣敏父親調查，他曾說過每星期都有家用，甚至可以買得起四五千元的手機，也許，不只靠補習就可以賺回來。

一直也說，「真相」是殘酷的。

非常非常的殘忍。

「如果推斷沒有錯，她們因為自己所做的事，感覺到痛苦與內疚，最後決定了一起自殺，這比起為了學業壓力而自殺，更合邏輯。」我說。

「不可能……我……我完全察覺不到宇蔡會做這些事！」宇馳不肯相信。

「就算是住在一起，我們也不會知道家人在想什麼，尤其是年輕的孩子。」繪說：「就好像我們小時候一樣，不會把自己的事告訴家人，除了是怕他們擔心，更大機會是不想跟家人解釋，這就是年輕人的反叛期。」

「宇馳……」我看著沒法說話的他：「這只是我們暫時猜測的調查結果，你……」

「對不起！我有事想先走了！」宇馳突然站了起來：「明天見！」

他快速轉身離開，我知道他的心正在為現在調查的結果淌淚。

的確，一直追查了四年，知道這或者是「最後」的答案，宇馳絕對不能接受。不過，我知道他一定可以走出這一種的痛苦。

「出賣身體只是暫時最合邏輯的結果，還未完全確定。」圓圓說。

我明白她的想法，沒錯，除了宇馳，我們自殺調查社的其他人，也不想這答案會是最後的答案。

我們沒有人再說話，大家也沉默了起來。

良久，野芽指著粉紅色的信封：「這封信……」

「好吧，我們打開來看吧。」我說。

「由我來讀。」繪說。

「好。」

在這個時代，還有幾多人會寫信？不要說寫信，或者連拿起筆也是很久之前的事。

四個女生自殺的真相，或者，就寫在這封信之內。

我們的推測有錯嗎？

還是……另有原因？

繪把信拆開，的確是邱雯晶的字跡。

繪讀出內容。

**《最殘忍的真相是，你本來就知道答案。》**

致渡假屋屋主：

你好，我叫邱雯晶，我寄這封信給你，是因為這些年來我一直受盡良心的責備，我不知可以告訴誰，只能夠跟受影響的人，就是你，說出我一直沒說出來的秘密。

四年前，我跟另外四個女生在你的渡假房選擇了結生命，我跟她們是不同時間來到你的渡假屋，是她們四人先入住，我後來才到達，所以，你沒有看到我。

可惜，最後我也沒有自殺的膽量，我離開了你的渡假屋，當時我不知道要怎樣做，我應該回去救她們？還是讓她們依照自己的意願死去？

最後，我決定了打電話給你，我沒有膽親自告訴你，我找了一位路人告訴你渡假屋正在冒煙，希望你可以救到她們。

可惜，第二天我看新聞報導，她們自殺死去，已經太遲。

這些年來，我每晚都會夢見她們死去的畫面，我受盡良心的責備，我在想為什麼當時我不早點找路人打給你？我在想，為什麼我沒有跟她們一起死去？

我快要瘋了。

我很想跟別人說出真相，但我不知道可以告訴誰，所以我決定了告訴你，還有在這自殺事件後找到我的那個偵探側寫師。

我是在一個自己開的Facebook自殺專頁上認識她們四人，我們的遺書上都是寫上了因為學業的壓力才會想到自殺，這是她們的共識，希望事件被報導後，可以得到更多人關注學生壓力的問題。

不過，事實卻不是這樣。

她們自殺，是因為心中的「羞恥」。

然後決定了一起自殺死去，離開這個可怕的世界，來到一個沒有痛苦的「夢幻島」。

「約定的夢幻島」。

我掉下了她們，自己留在這醜惡的世界生存下來，我沒法去我們的「夢幻島」。

對不起，真的……對不起。

我把真相告訴你，是因為我已經不想再隱瞞下去，我知道我一生都會背上這自殺事件的陰影，我希望可以好好生活下去，我希望至少把事情的真相告訴一個人也好。

當你看完這封信，希望你別要來找我，就讓我一個人在悔疚中生活下去……

生存下去，好嗎？

希望你的渡假屋，永永遠遠不會再發生這樣痛苦的慘劇。

雨文三日字

繪把信讀完。

我們沉默下來，神精木然。

當天打電話給周大富的人，原來就是邱雯晶找的路人。

而那個自殺專頁的確是由她開辦，可能當時她也只是抱著玩玩的心情，不過，她卻沒想到，最後會害死了四個未成年的女生。

因為邱雯晶出了車禍，加上地址不對，結果這一封信沒法寄到周大富的手上。

信中所說的，她們四個女生都是因為「羞恥」而決定了自殺，而不是因為學業的問題，或者，這就是「最痛苦」的調查結果。

圓圓把信拿過來看，她在思考著。

「信中也解釋了我們不明白的幾個地方，不過，沒有說到為什麼她死後，有人把信寄到阿樹的手上。」圓圓在懷疑：「而且還有幾個問題，我還是想不通。」

「已經知道了四個女生的真正自殺原因，我們還要調查下去嗎？」野芽問。

然後，他們幾個人一起看著我。

「這樣……」我深深呼吸：「未完的，我們還要繼續調查下去！」

「同意。」繪笑說。

「沒錯，要繼續調查下去。」圓圓說。

我對他們笑了。

我不想像四年前一樣，沒把自殺事件完全解決就close file。

我一定要把所有事情查到水落石出。

……

…

兩星期後。

出現了突破性的發展。

把我們所想的、所調查的、所知道的，通通打破。

因為，出現了……

……

…

韓國的「N號房間」事件。

《把所有事情弄清楚，才會有最終的結果。》

「N號房事件」。

韓國發生了一系列使用即時通訊軟體Telegram進行「性剝削」的案件。罪犯通過在Telegram上建立多個聊天室，將對女性進行性威脅得來的資料、相片、影片等發佈到聊天室中。

受害的女性被要求在身體上刻字、食糞飲尿、將蟲子放入性器官，以及侵犯自己的幼年親屬等，部分受害者亦於線下遭受性侵，一些聊天室甚至對性侵行為進行錄影與線上直播。

事件牽涉二十六萬人曾加入聊天室，最少七十四名女性被威脅成為「性奴」，當中有十六人未成年，年齡最輕的只有十一歲。

而聊天室中，最猖狂的是「博士房」。

「博士房」是收費的**Telegram**聊天室，入場費用分為「**Hard**房」一千五百港元、「後援者房」三千五百港元和「最上位等級房」九千港元等，入場費用愈高，內容、尺度愈變態。

事件曝光後，當然有不少人聲討那群變態的主事者及加入聊天室的人，不過，有更多人在意的是……

「如何看到**N**號房的影片？」

人類，是最可怕的生物。

你不會是其中一分子？

就如香港多年前的「艷照門事件」，有誰不想去看看明星的「裸照」？大家都因為好奇心，間接地侵犯了受害者。

人類，是最可怕的生物。

性罪犯的作案手法，首先是利用釣魚連結盜取女性個人資料、在社交網頁中貼出高薪徵人貼文等，然後獲得了對方的裸照與影片後，再威脅對方成為「性奴」。

本來，這「N號房事件」跟我們調查的集體自殺案沒有扯上關係，不過，我們從華大叔給我們的資料，還有其他沒有被傳媒報導的作案手法中，得知引誘受害者加入性侵行列的方法。

那方法就是……

**「利用補習的名義，找來未成年的小老師，拍下她們的裸照，威脅她們做出更多性虐待的事情」**。

當我們知道了這個消息以後，立即聯想起四個自殺女生的事件。

假設，她們不是「自願」用身體去換取金錢，而是被「威脅」，她們因為不想再做下去而去選擇自殺，不是沒有可能的事。

我們決定了從這方向去調查。

我們再次去到「再生補習社」進行調查，這次華大叔的特別雜項調查小隊MESUS也介入調查。

在多番盤問補習社的老闆朱美霞之下，終於得到了新的線索。

我們找到了曾經預約女生補習的名單，而名單中都是男性，全部都是未婚，而且是沒有子女的男人。

沒有子女，卻要補習老師來替孩子補習？

已經不用多說，很明顯，這些男人背後，都在做著……

「不為人知」的事情。

而四個自殺的女死者，就是這事件的「受害事」。

我們揭發了……

……

…

．

在香港的「N號房間」事件。

**《人的獸性，比禽獸更可怕。》**

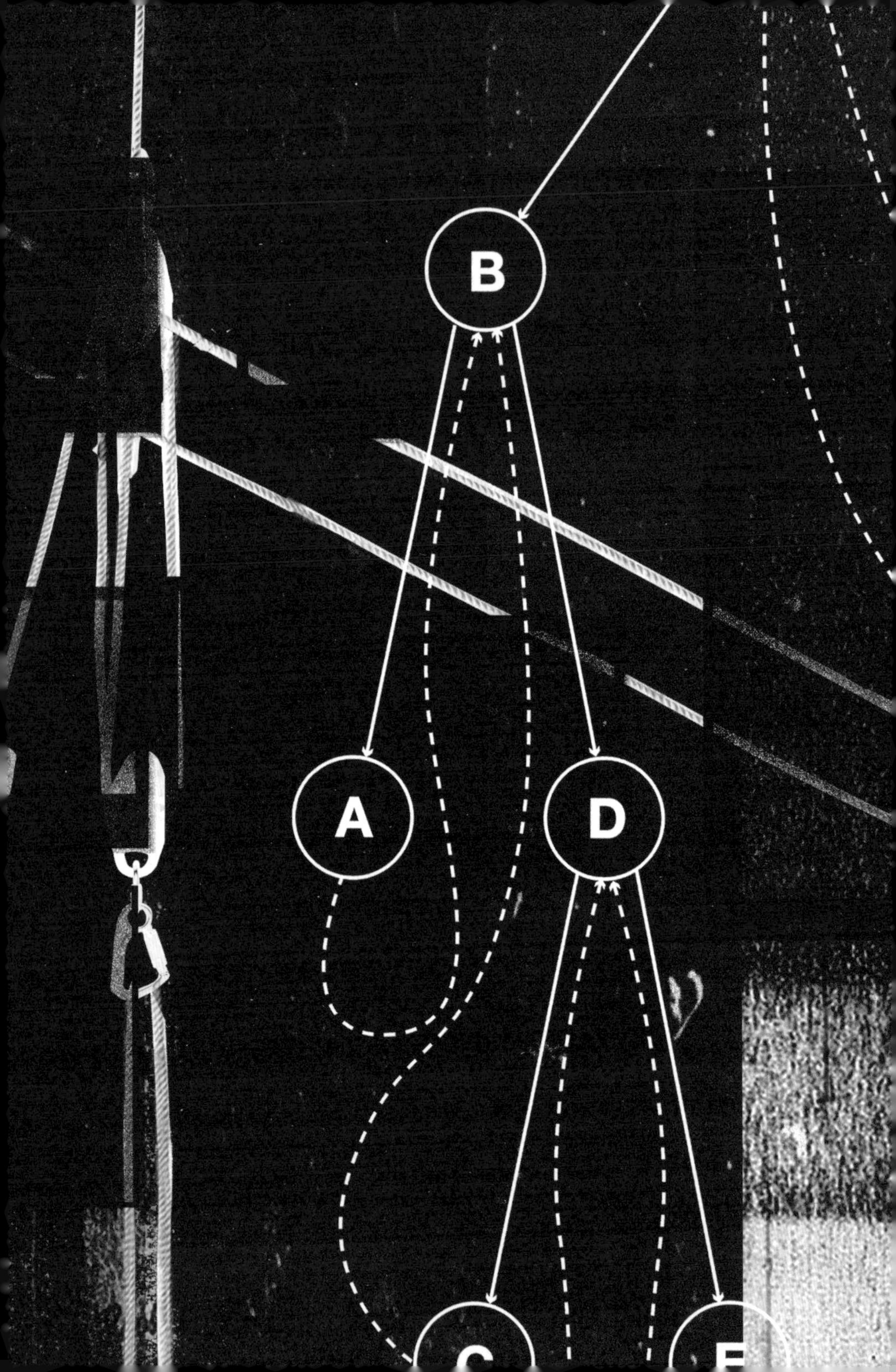
B
A
D

CASE
THREE

Our Promise

# 約定的夢幻島

塵埃落定

CASE THREE

Our Promise

# 約定的夢幻島

## 塵埃落定 01

揭發了香港的「N號房間」事件的一星期後。

元朗某舊式工業大廈的停車場內。

「確定了是十六樓的『14』號單位。」我說：「我們等華大叔來支援吧。」

「不，我要親自出手！」宇馳走下了汽車：「我必定要教訓那班人渣！」

我也走下了車，叫住了他：「宇馳！別要衝動！我知道你很痛苦、很憤怒，不過，現在事件發展成這樣，已經不是我們可以解決的事！」

宇馳停下了腳步。

「空。」

「怎樣了？」

「你有想過宇蔡被人性侵、被人虐待的痛苦畫面嗎？」

「這……」我語塞，完全沒法回答他。

「如果不是這群人渣禽獸，也許，宇蔡還有其他三個女生就不會選擇自殺。」宇馳低下頭：「我身為哥哥也沒有在四年前察覺她的痛苦，還怪責她在遺書中隻字不提我的名字，我還算是她的大哥嗎？」

我沒有說話，我完全明白宇馳的心情。

他回頭看著我：「現在，我不是用調查員的身分去對付他們，我是用……**宇蔡哥哥的身分**去教訓他們，你還是決定阻止我？」

從宇馳的眼神之中，我感覺到一份徹底的痛苦與憤怒。

「就算是死，我也要教訓他們！這就是我為人大哥的覺悟！」

停車場很靜，只能聽到宇馳大聲說話的回音。

「宇馳……」

他說完後，回頭繼續走向停車場的大門，我只能看著他的背影離我而去。

一個我最好的同事、最好的朋友、最好的兄弟，漸漸離我而去。

我不能讓他這樣做！

「宇馳！」我大聲叫著，然後追上去。

「空，我都說別要阻止……」

在半空中，一樣東西正擲向宇馳，他一手緊緊的握著！

「媽的！對付壞人怎可能沒有……武器？！」我手上拿著一支伸縮短棍。

「空……」宇馳看著我擲給他的另一支短棍。

「就讓我們一起對付那班仆街！」

我不能讓宇馳這樣做……

我怎可能讓他一個人對付那群禽獸？

要死，就一起去死吧！

「走吧！」我說。

宇馳點頭，我們一起走入了停車場的大門。

「兄弟」兩個字，有時，不用說出口。

做就可以了。

……

…

．

我們來到了十六樓，這所工業大廈面積非常大，而且門牌也不清楚，我們轉了一圈，終於找到了「14」號單位，單位門牌上寫著高偉貿易公司。

「我們進去吧。」宇馳說。

「等等……」我聽到跟「14」號相連的「13」號單位傳來聲音：「我們從那邊進去。」

「嗯！」

「13」號單位的門虛掩著，我們從大門走入了單位，單位內都放滿了不同大小的紙箱，這裡應該是一個貨倉。

「呀……嗚……」

我聽到的聲音從貨倉的暗角傳來：「這邊！」

我們走過一個彎位，終於來到傳來聲音的位置！

「媽的！」宇馳看見面前的景象破口大罵。

在我們面前的，是兩個只著上內衣的女生，她們的雙手被綁著，牛皮膠紙貼著她們的嘴巴，最可怕的是，在她們的頸部被一個鐵圈鎖著，就像狗一樣被鎖上了頸圈！

聲音是由她們掙扎時傳來，我立即走向她們，她們第一個反應立即向後爬，掙扎發出的聲音更大！

「別怕！我們是來救妳們的！」我蹲下來跟她們說。

我看到她們身上有多處的傷痕，她們必定曾經被施暴。

其中一個看似十來歲的女生不斷搖頭，她的眼淚從眼睛流到牛皮膠紙之上。

「他們對這些女生做了什麼？！媽的！媽的！」宇馳聯想到妹妹也許跟她們一樣曾被虐待，非常憤怒。

「聽著！妳們聽著！」我輕輕用手撫著她的頭髮：「我們會救妳們出去，沒事的！」

同一時間，貨倉的側門打開，有人走了進來！

**《兄弟就是，可能很久不見，但永遠也站在你那邊。》**

「這天拍什麼？」一個男人說。

「就拍吃屎吧，很多人喜歡看！哈哈！」另一個男人說。

「吃屎的是你！」

宇馳已經控制不了自己的憤怒，一拳轟向其中一個男人！力道非常大，男人整個人被打飛！

「你……你們是誰？！」

「來插你屁眼的人！」宇馳二話不說，一腳踢在男人的肚皮之上。

男人整個人跪在地上，他快速拿出了一把小刀，想刺向宇馳！

「小心！」

我的伸縮棍全力地揮向他的手臂，男人痛苦地大叫，小刀被打落，宇馳一腳踢在他的頭上，男人立即暈倒過去！

被打飛的男人立即逃走！

「想逃去哪？！」

宇馳本想追出去，我用力捉住他：「別追，還有其他人要收拾！」

宇馳點點頭。

我回看著那兩個驚慌的女生，我脫下了雨褸包著兩個女生。

「沒事的，很快就有人來救妳們！」我跟她們說。

她們不斷點頭。

「走吧！」

我跟宇馳從「13」號倉庫走入了「14」號單位，單位內全是攝影器材，還有數個彪形大漢正！

剛才那個被宇馳打飛的男人已經從正門走回了「14」號單位通風報信！

「一……二……三……四……五……六……七……」宇馳數著：「我對付五個，其餘兩個交給你。」

「你要小看我嗎？」我苦笑：「我至少對付三個！」

七個彪形大漢正在拿著水喉、鐵通、木棍攻擊他們！

已經不用多說，打鬥立即開始！

……

…

．

五分鐘時間過去。

七個男人被他們二人打到沒有還手之力，逃的逃、走的走，當然，空與宇馳不可能沒有受傷，他們兩人都傷痕累累。

宇馳重重一拳轟在一個躺在地上，已經沒有還手之力的男人臉上。

「起來！我還未打夠！」

他再轟一拳！

「為什麼？！為什麼你們要做出這些事！去你的！人渣！」

宇馳一拳又一拳轟在男人的臉上，男人已經血流披面，不過，宇馳沒有停下來，他的手骨也快要碎開！

「宇馳！」我走到他的身邊，用盡力捉著宇馳的手臂：「夠了，你會打死他！」

「這些人渣死不足惜！」宇馳還在亢奮的狀況。

「不！他們會得到應有的懲罰！」我大叫。

「懲罰？我就是來懲罰這班禽獸！人渣！」

「如果你殺了他，懲罰的對象會變成你！我不會讓我調查社的伙伴得到懲罰！你打死他很簡單！不可以讓他們這麼簡單死去！要讓他們的人生永遠被人唾棄！永遠成為過街老鼠！」

宇馳停止了攻擊，他緊緊握緊的拳頭……

終於鬆開。

同一時間，他的眼淚已經不能控制地流下。

「我們終於找出真相！其他的事，就交給其他人去處理吧！」我說。

宇馳整個人也變得乏力，他看著那個被他打到半死的男人。

「宇蔡……我們……我們終於替妳找出真相了。」宇馳哭著說。

他像個小孩一樣放聲大哭，我沒有阻止他，而是用力擁抱著他。

我只是看著這個大男孩失控地豪喊，看著一個一直抑壓著自己情緒，沒法釋懷的男人豪喊。

我苦笑了。

同時鬆了一口氣。

終於……找到真相。

終於……拯救了那些被虐待的女生。

**《別這麼老定，做壞事必定有報應。》**

## CASE THREE
Our Promise

元朗博愛醫院病房。

「都叫你們等我們支援來才動手，你兩個偏不聽！」華大叔生氣地說。

「沒什麼，哈哈！只是縫了六針而已！」宇馳舉起手臂，顯示他的肌肉。

「真的很小事嗎？」繪用手指輕輕觸摸他的額頭。

「很痛！別要！」宇馳立即叫痛。

「空，你也掉了一隻大牙，要不要我幫你看看？」繪裝出一個心懷不軌的眼神。

「不用了！謝謝！」我耍手擰頭。

「看到你們兩個這麼精神，我也放心了。」華大叔笑著說：「其他的事，就交給我來處理吧。」

我跟宇馳也收起了笑容。

「華大叔，今天捉到的那班人是不是幕後主腦？」我問。

「確定了有兩個是開Telegram聊天室的人，如無意外，我們跟蹤他們的聯絡記錄，應該可以瓦解這個不法的視訊集團。」華大叔說。

「太好了！」我高興地說：「那兩個少女呢？她們沒事嗎？」

「我跟她們落了口供，她們說謝謝你們，我告訴她們你們是自殺調查社的人，她們遲些會把雨褸還給你。」華大叔說。

「華大叔，我妹妹的事……」宇馳欲言又止。

「沒錯，我來找你們就是想跟你們說。」華大叔說：「我們從其中一個罪犯的記錄中，找到了你妹妹，還有其他三個自殺女生的資料，如果沒猜錯，她們四人也是其中的受害者。」

「真的……真的是他們害死了宇蔡！」宇馳緊握著拳頭。

我拍拍他的肩膀，繪也坐到他的身邊，雙手握著他的手，表示安慰與支持。

四年前，宇蔡與其他三個女生，本想替學生補習賺點零用錢，卻墮入萬劫不復之地，她們被安排到指定的地點，然後被性侵，拍下了片。

因為情況愈來愈過分，她們只是四個十來歲的女生，她們根本就不會知道要如何處理，而且，她們是在一個自殺的專頁中認識，最後，她們決定了了結自己的生命。

即是說，宇蔡她們四個女生，不是為了錢而出賣自己的身體，而是被強迫做著不情願的事，最後才會選擇了自殺。

華大叔繼續說出從那些人渣供出的事。

他們會安排少女去到不同的地方進行拍攝，就如這次元朗的工業大廈，還有渡假屋等可以出租的地方。在那群人渣的電腦資料中，也找到了當天四個女生被約到渡假屋拍攝的紀錄。

也許，當時這班禽獸也不會想到，在侵犯她們之前，她們選擇了自殺。

我在想，為什麼遺書中沒有說出這件事？反而是說成學業問題而自殺呢？

我跟他們討論過，也許，四個女生應該是想用自己的死去「控訴」那班人渣，她們沒有把事情說出來，卻希望自己的死，可以讓那群人渣收手。

當然，禽獸只會是禽獸，他們根本不會因為她們的死而收手。

她們就這樣白白犧牲了生命。

真心的說，就算是對死者不敬也好，我覺得她們做錯了。

大錯特錯。

無論是用什麼方法去對待那班人渣，也不值得用這極端的方法，犧牲自己的生命去換取那班人渣的「覺悟」，這代價實在太大了。

而且，人渣根本沒有任何反省，繼續變本加厲。

或者，「死」是很簡單，但對於生存下來，每天都被痛苦折磨的人來說，就如宇馳和三位女生的家長一樣，卻是十分沉痛的代價。

華大叔交代完後離開。

在病房餘下我們三人。

「忘了說，圓圓跟野芽還有事要做，沒法來探你們。」繪說：「我現在去告訴她們你們兩個傻瓜死不了，他們一定很高興！我先走了！」

繪是一個知情識趣的人，她想給我們兩人對話的空間。

病房內只餘下我們兩個大男人。

**《死去的人永遠不知道，留下的人有多痛苦，請別讓為你痛苦的人痛苦。》**

病房內。

「功勞明明就是我們自殺調查社的，是我們先去調查自殺案，才能揭破這個他媽的變態集團。」宇馳帶點生氣地說：「現在只能歸功於那班沒用的警察了。」

「沒辦法，一直以來不也是這樣嗎？」我苦笑：「他們經常說的什麼『案件沒可疑』，最後，都由我們來找出了真相。」

「空。」

「說吧。」

我知道他的不滿，只不過是開場白，他有心事想跟我說。

我們躺在病床上，一起看著白茫茫的天花板。

「喜歡搗蛋成績又差的我，中學時曾寫過一篇『十年後的我』作文，是我中學生涯中第一次，亦是唯一一次貼堂的作文。」宇馳說。

「你寫了什麼？」我問。

「我第一句說是寫……『我在醫院躺在病床上，看著白茫茫的天花板，我將要離開這個世界了』。」宇馳笑說：「這作文得到超高分，我懷疑當年那個曾被我整惑的老師，很想我死，嘿嘿。」

「嘿嘿，一定是。」我苦笑。

「可惜，死去的人不是我……」她想起了自己最疼錫的妹妹。

「宇馳，我想跟你說一件事。」我說。

「是什麼？」

「你知道……」我看著天花板上的細小裂縫：「為什麼宇蔡不在遺書中提起你的名字嗎？」

他沒有回答，也許，宇馳沒想到我會問這一個問題。

久良，他說：「為什麼？」

「宇蔡知道自己死去，世界上最傷心的人會是你，所以她寧願不提起你的名字，不想讓你更加的痛苦。」我嘆了口氣：「而且，因為在她身上發生的事，她覺得是一件很羞恥的事，她沒法面對你，所以宇蔡沒有把你的名字寫出來，她不想在自己身上發生的事跟你連結起來，因為你是她一生之中……最尊敬的哥哥。」

「傻女……傻女……」

沒錯，我還是選擇直接說出我的想法，我覺得，這是對宇馳最好的釋懷。

「妳也是哥哥一生之中，最愛的妹妹，哥哥一世也懷念你。」

宇馳的眼淚，流下來了。

「放心吧。」我用手指指著自己的心臟位置：「她會一直住在你的心中，永遠陪伴著你成長，嘿，很不幸地，她永遠也不會變老，而我們就會愈來愈老，直至有一天，我們會在另一個世界……再次相遇。」

媽媽，妳也在那個世界……

等待著我嗎？

此時，我的手機響起，是圓圓傳來的WhatsApp訊息。

「空，你們沒事太好了！」她在輸入中。

「妳跟野芽去了哪裡？是不是要等我們死了，才會出現呢？」我一面輸入一面笑。

「笨蛋！別要亂說話！」

「妳WhatsApp我就是想叫我『笨蛋』嗎？」

「不是！是因為我已經破解了還未知道答案的謎團！」

還未破解的謎團？我們不是已經查到了宇蔡跟其他三個女生真正自殺的原因了嗎？

「什麼謎團？」我輸入。

然後她打出了一段文字，我看到心裡發毛。

什麼？！

根本……根本就沒有「那個人」？

是什麼意思？

《請您慢慢地看著我老去，直至某天我們再一起相聚。》

CASE
THREE

Our Promise

# 約定的夢幻島

## 他的故事

CASE THREE

Our Promise

# 約定的夢幻島

## 他的故事 01

一星期後。

「32」號渡假屋。

今天，我們自殺調查社所有成員，還有阿樹與屋主周大富，來到了這所渡假屋。

也可以說是慶祝我們破案，搗破了這個犯罪集團。

前天，華大叔跟我說，這數年來有三十四名女受害者與十四名男受害者，她們將會得到拯救，從可怕的地獄回到人間。

我們決定了在「32」號渡假屋後園燒烤當是慶祝，圓圓說會把全部未破解的謎團一次過說出來，而且也可以當是跟我們的委託人阿樹，說出調查的最後結果。

宇馳喝著啤酒，站在落地玻璃前，看著渡假屋內。

「怎樣了？」我問。

「四年前，宇蔡就在這裡死去。」宇馳說。

「圓圓提議來這裡，又是你說沒問題？」我說：「現在又觸景傷情？」

宇馳搖頭：「宇蔡死後，我也經常來，不過這次有一點不同，因為我已經查出她自殺的真正原因，感覺完全不同。」

我搭著他肩膀：「我明白你的感覺，乾杯吧！」

我們笑了。

宇馳不是觸景傷情，而是真正的釋懷了。

「你們兩個還在呆著幹什麼？快來幫手起爐吧！」野芽在大叫。

「現在來！」宇馳走向了他們：「媽的，怎會把炭精放在下面，應該放在上面，大富叔你出租渡屋也不知道嗎？」

「我是出租渡假屋的，又不是專門做燒烤生意，當然不知道！」

我看著他們像小朋友一樣，你一句我一句，就似回到我小時候去旅行一樣。那是我最快樂的時代，無憂無慮的年紀。

繪在跟阿樹傾天，我走到他們身邊坐了下來。

「空，你的傷好了嗎？」阿樹問。

「也沒什麼，只是掉了隻大牙。」我笑說：「吃東西慢一點就可以了。」

「那太好了。」

「阿樹，如果不是你來找我們調查，也許真正的答案永遠也埋藏起來。」我說。

「不，功勞是歸你們調查社的，我只是個委託人。」他笑說。

「怎樣你們都變得這麼客氣？」繪坐在我們的中間：「男人這東西，有時比女人更婆媽。」

我們都苦笑了。

「對，圓圓在哪？明明是她叫大家來渡假屋，怎麼現在不見人？」我問。

「她說要準備一些東西，遲一點來。」野芽串起香腸開始燒烤：「我也問過她準備什麼，她不肯說，只說到時就知道了。」

這一星期，圓圓也不知道在調查什麼，我在醫院的那天，她跟我說「那個人根本不存在」，我完全不明白她意思，不過，我知道她會在今天好好地解釋。

我們開始圍爐燒烤，圓圓終於出現。

「對不起，我遲到了！」圓圓說。

「快過來吧！燒了幾隻雞翼給妳吃！」野芽說。

「好！」她放下手袋，坐在我的身邊。

她看著我，我點點頭。

圓圓曾經問過我，她想由她來跟委託人解釋整件案件的結果。

當然，阿樹已經知道了整件事的發展，不過，我們自殺調查社還是需要跟委託人詳細說一次。

圓圓拿起了雞翼吃：「燒得不錯！很香！」

「當然！」野芽高興地說。

「好了，大家一面吃，一面聽聽我最後調查的結果。」圓圓看著阿樹：「我現在向委託人詳細說明這次調查的結果。」

奇怪地，我心中有一種不祥的感覺。

《生存就是為了享受每一秒的小確幸。》

CASE THREE Our Promise 約定的夢幻島 他的故事 02

「事件的開始，是阿樹收到了邱雯晶寄來的信，信中所說，她是第五個想自殺的少女，而因為她每天都受盡良心責備，決定告訴當年做偵探找到她的阿樹，說出了四個死去的女生，不是因為學業而自殺。」

「原來發生了這些事情！」周大富驚訝地說。

「對，大富叔，我們自殺調查社就是接受委託去調查自殺案。」我說：「圓圓繼續吧。」

「嗯，信中還留下了一個謎題。」圓圓讀出謎題：**「那個晚上，我去了酒吧喝酒，啤酒二十元一支，四個樽蓋可以換一支啤酒，兩個空樽也可以換一支啤酒，請問，我有一百元，我可以喝多少支啤酒？」**

「沒錯，當時空已經詳細地計過了，答案是……」野芽在想著。

「十五，」我說：「十五支啤酒。」

「錯。」圓圓說。

「錯？怎會錯？還可以喝更多？不可能吧？」我回憶起來：「我的計算沒有出錯。」

「空你的計算沒有出錯，只是你的『先後次序』出錯了。」圓圓說：「正確答案是……『二十』。」

「二十？怎可能？！」我皺起眉頭：「妳說先後次序出錯了……」

大家也沉默下來思考。

「給你們提示吧。」圓圓自信地說：**「那個晚上，我去了酒吧喝酒……」**

「等等！」我突然想到：「的確……是先後次序出錯了！」

「你們兩個可以清楚解釋一下嗎？我聽到一頭露水！」宇馳說。

「去酒吧喝酒，跟去便利店買酒是完全不同的。你們想到了沒有？」圓圓說：「去便利店買酒，是先付款然後把酒拿走，而在酒吧喝酒，是先叫酒，最後結帳時才付款。」

「我的計算方法，是先付款買酒，就如便利店，所以最多也只能喝到十五支！」我靈機一動。

「沒錯，如果在酒吧喝酒，我們一開始直接叫二十支，就可以了！」圓圓說。

圓圓的計算方法：

先叫二十支啤酒。

二十支啤酒，就會有二十個樽蓋、二十個空樽。

四個樽蓋可以換一支啤酒，二十個樽蓋，就可以換到五支啤酒。

兩個空樽可以換一支啤酒，二十個空樽，就可以換到十支啤酒。

即是說，有十五支啤酒是不用付錢的。

一開始叫二十支啤酒，有十五支是免費，還有五支要付款，我們手上有一百元，正好可以最後結帳時，付這五支啤酒的錢。

所以正確的答案不是十五，而是……

**二十支啤酒**！

「原來如此！」繪也沒想到這個答案：「圓圓，妳的確是調查社最聰明的人！」

我瞄了她一眼，好吧，這次是圓圓比我更聰明吧。

「知道是二十支又如何？」周大富問。

「信中寫著『啤酒的數目，就是自殺原因的關鍵』，我一直也不明白是什麼意思，『二十』又代表了什麼呢？」圓圓說：「後來，我終於知道是什麼意思，在這星期我也親身去證實了，的確，『二十』就是關鍵！」

「圓圓啊！快說吧！」野芽心急地說。

「『二十』這個數字，代表了……『20』號！」

**《要認輸，才會有進步。》**

CASE THREE

Our Promise

約定的夢幻島

他的故事 03

「大富叔因為想再次吸引遊客，所以把渡假屋由『19』號改為原本沒有的『32』號，讓我想到了『二十』這個數字，可能是代表了門牌『20』號的渡假屋！」圓圓說。

「哈！是我嗎？是我啟發了妳？」周大富高興地說。

「『20』號渡假屋？那有什麼關係？」宇馳問。

「我已經向『20』號渡假屋的屋主查問過了。」圓圓說：「大富叔，你應該也認識那個屋主吧？」

「我何止認識，我們簡直是世仇！我懷疑是那個八婆把我『19』號渡假屋的事放在網上讓人瘋傳！」周大富生氣地說。

「我去找那個女屋主時，她也非常不合作，不過，當我說出如果不合作就會把她當成共犯，她立即把她所知的事告訴我了。」圓圓說。

「共犯是什麼意思？」繪問。

「當時『19』號渡假屋是四個女生所入住，而『20』號渡假屋就是那群人渣拍攝的場地。」圓圓說：「如果除了四個女生，還有一大班男人拿著拍攝的器材入住『19』號渡假屋，大富叔，你會有什麼感覺？」

「我應該會覺得很奇怪，我的渡假屋又不是什麼特別的攝影景點，為什麼會來拍攝？」他想了一想：「我會聯想起是在拍攝『那些東西』！」

「我明白了！」我站了起來看著「20」號的渡假屋：「那班禽獸除了租了『19』號渡假屋給四個女孩，自己還租住了『20』號！」

「沒錯，就是這樣了。我已經問過『20』號渡假屋的屋主，她當然不會忘記四個女生自殺那天的事，她跟我說當天有一班男人拿著大大小小的攝影器材入住她的渡假屋。不過，事發第二天，他們就退租了。」圓圓說。

「當年警方沒有調查嗎？」周大富問。

「因為她們四個女生也留下了遺書，警方根本就想快點以『沒有可疑』結案，沒有調查清楚也很正常。」我說：「大富叔，你想想，當時警方完全沒有問到你報警的事，你就知道了。」

「的確是，當年他們只問過我一些簡單的問題，就說是自殺了。」周大富說。

「回到正題，邱雯晶的信中提及到，啤酒的數目就是自殺原因的關鍵，就是『20』這個數字，代表了『20』號，如果在最初我們已經想到了跟渡假屋的門牌有關，也許已經一早發現了這個禽獸集團，一早已經找到了四個女生真正的自殺原因。」

「這也不能怪你們，就算圓圓妳一早已經解開了這謎題，也未必可以意識到『20』

這個數字，就是代表了渡假屋的門牌。」阿樹說。

「不，我覺得……」圓圓看著我：「『邱雯晶』還是覺得我們有這樣的能力聯想得到，才會寫下謎題。」

她說出「邱雯晶」時，特別用力，我知道圓圓還有更意想不到的發現。

「好了，已經解決了信中的謎題，然後，就是解釋整件事件讓我覺得奇怪的地方。」圓圓說：「為什麼邱雯晶已經在兩年前車禍死去，卻可以在上個月把信寄給阿樹呢？」

**《如果想放棄，請想想放棄之前努力走過的路。》**

世界上沒有「鬼魂」。

不會是邱雯晶的鬼魂把信寄出，一定是有人把信寄到阿樹的地址。

我是這樣想的，不過，「這個人」又會是誰？

「在邱雯晶租住的劏房，因為大富叔改了門牌的號碼，由『19』轉成了『32』，所以信就打回頭了。」圓圓說。

「對，當年因為我的渡假屋有人自殺，有太多人寄一些惡攪的東西過來，我就跟郵差說不收地址寫上『19』號的信件，『32』號就會收。」周大富說。

「沒錯，就因為這樣，所以信就打回頭了。不過，有一個疑點我覺得非常非常奇怪，讓我開始了新的『推測』。」圓圓說：「你們記得嗎？邱雯晶死前寄出那封給渡假屋屋主的信中有提及到『希望你別要來找我，就讓我一個人在悔疚中生活下去』，明明就不想屋主去找她，為什麼會寫上……回郵地址？」

啊？的確有點前後矛盾。

因為信件沒有任何的記認，如果是不想別人找到自己，寫上回郵地址實在太怪了！

「然後，我再逆思維去想。」圓圓說：「如果邱雯晶是想因為『地址不正確』而令信件寄回她的地址呢？」

「為什麼要這樣做？」宇馳問。

「因為想我們追查到她的單位時，讓我們看到這封信。」圓圓說。

「等等，如果以妳所說，為什麼她不直接寄給大富叔？要把信打回頭？」繪問。

「很簡單，因為她根本不知道渡假屋屋主是什麼人，也不會知道大富叔因為宇馳的關係，原來跟我們這麼熟絡，如果大富叔沒有把信交到我們手上，計劃就會失敗，所打回頭是最好的方法。」圓圓說。

「妳說她想讓我們看到這封信？邱雯晶怎樣會知道我們會調查此事？她已經……死了。」我不明白她的意思。

「這也是我疑惑的地方，然後，我再三看一次打回頭的那封信，我發現了一個『可疑的地方』。」圓圓說：「信中沒有提及任何『年分』，只用了『這些年來』去簡單交代。」

我在回憶信中的內容……

**你好，我叫邱雯晶，我寄這封信給你，是因為這些年來我一直受盡良心的責備，我不知可以告訴誰……**

**……**

**這些年來，我每晚都會夢見她們死去的畫面，我受盡良心的責備……**

**……**

「為什麼沒有說明『年分』？為什麼不能寫出『四年來我一直受盡良心的責備』這一句？」圓圓說：「因為邱雯晶在兩年前已經死去了。」

「所以呢？妳說邱雯晶想讓我們看到這封信……」我重複。

「空。」圓圓認真地說：「其實，**信是同一個人寫的，但不代表是同一人**。」

信是同一個人寫的，但不代表是同一人？

她在說什麼？！

「我們已經比對過邱雯晶寄給阿樹的信，跟那封寄給周大富的字跡是一樣的，都是邱雯晶所寫。」野芽說：「圓圓，我不明白妳的意思！」

啊？等等……

這樣說……

「由現在開始，我所說的都是我的推測。」圓圓說：「不過，應該也有九成把握是正確的，這是一套非常周密的計劃，甚至把我們……全、部、人、騙、到、的、計、劃。」

「邱雯晶……」我想起了圓圓曾告訴我的：「**根本不存在**。」

「空，看來你已經想到了。」

「怎會不存在？」野芽反問：「我們已經調查到了邱雯晶在『無人認領遺體搜尋系統』的資料，而且那個自殺專頁也是由她開辦的，還有包租婆都肯定有這個人的存在！」

「讓我更清楚說明。」圓圓說：「不存在的意思是，邱雯晶根本跟我們調查的自殺案……完全無關！」

「根、本、就、沒、有、第、五、個、自、殺、的、人！」

一直以來，就算是華大叔提供的犯人口供，也沒提過有第五個受害者，全部都是宇蔡四個女生的資料。

四個女生的自殺案及邱雯晶的故事……

是兩條不同的「線」！

「他」把兩條完全不相關的線、完全不同的故事，巧妙地交疊在一起！

讓我們以為真的有……第五個自殺的少女！

此時，我跟圓圓也站了起來，一起看著「他」！

看著我們的委託人……

……

……

……

櫻、花、樹！

《帶著從前的傷痕，然後再重新做人》

# CASE THREE

Our Promise

## 約定的夢幻島

他 的 故 事 05

「怎可能？阿樹一直也幫助我們調查！」野芽說。

「你們的意思是……」繪看著阿樹：「他就是所有謎底的答案？我最初的確覺得他有點奇怪，不過當我跟他聊過後，也不覺得他在說謊，排除了懷疑。」

「繪，櫻花樹他是連我跟妳也觀察不出來的……『高手』。」圓圓說：「沒有任何的破綻，我很少會遇上這樣完全看不透的人。」

「你們兩個……」阿樹微笑說：「是在合作演戲嗎？嘿。」

「阿樹，明明就是你有心留下線索，讓我們找出真相。」圓圓說：「也許你說得對，我們的確是在『合作』，不過，我們卻一直被你蒙在鼓裡。」

「圓圓，你快說清楚！」宇馳說：「阿樹他跟那班人渣有關？」

「我可以把你的整個計劃通通說出來？」圓圓問。

「妳說吧，我都想知道我自己有什麼計劃，哈！」阿樹風趣地說。

「剛才我說『信是同一個人寫的，但不代表是同一人』的意思是……」圓圓說：「信的確是同一個人寫，所以筆跡是一樣，不過卻不是由邱雯晶所寫，而是由櫻花樹你寫！」

櫻花樹的計劃。

第一封信。

阿樹收到第一封信，說是「第五個」自殺的女生邱雯晶，這封信是由他自己寫給自己，然後把信拿來給我們，希望我們可以協助調查。

當時，我們因為知道了跟四年前的「集體自殺案」有關，而且出現了新線索，讓我們完全相信櫻花樹的說話。

其實，根本沒有第五個自殺的女生參與，邱雯晶只是Facebook自殺專頁的版主，完全沒有跟四個死去的女生一起自殺。

信中那條啤酒謎題，是阿樹提出的，或者他認為我們可以快速解答到他的「提示」，可惜，我們並沒有。

剛才圓圓說「『邱雯晶』還是覺得我們有這樣的能力聯想得到，才會寫下謎題」，其實，就是阿樹想我們快速找出答案。

同時代表了……

阿樹已經一早知道谷宇蔡與其他三個女生的死，不是因為學業問題！

「當時你說是偵探社的側寫師，而且在自殺事件之後找到了邱雯晶都是假的，對嗎？」圓圓問他：「如果你不介意，請說出偵探社名稱，讓我看看有沒有商業登記？」

阿樹沒有回答他，只是微笑地看著圓圓。

我們因為阿樹的出現，而且相信邱雯晶就是第五個自殺的女生，開始了新的調查。

「在事發當日，打電話給大富叔通知他報警的人，不是邱雯晶，而是在『20』號渡假屋內的人，因為他們知道事態嚴重。但如果由他們報警，那班人渣就會牽涉入這件自殺案之中，他們如果被調查，整個組織就會完蛋，所以他們才會打給大富叔叫他報警，亦解釋為什麼大富叔聽到電話的人說的是『見到冒煙』而不是『嗅到燒東西的味道』，因為他們在『20』號渡假屋內，只能『見到』而不能『嗅到』。」圓圓說：「當然，他們叫大富叔報警未必真的想救人，而是希望事件不會因為四個女生的死去而鬧大，影響自己的生意。」

可惜，最後四個女生也沒有在遺書上寫出他們的惡行，那群人渣逃過了一劫。

這也解釋了為什麼「那個人」不直接報警，而是要由大富叔報警。

「你利用了這個沒有人知道的『漏洞』，成功地把根本完全不關事的邱雯晶寫入這次的集體自殺案件之中。」圓圓說：「但有一個問題，就是要『如何讓我們知道是由邱雯晶找來路人報警』的呢？因為報警的人是男人。」

「打回頭的信！」繪說。

「沒錯！信是由阿樹寄去『19』號渡假屋。」圓圓微笑：「因為他知道地址錯誤會打回頭，阿樹只需要在信封後面寫上邱雯晶的回郵地址，信就會打回頭去邱雯晶的回郵地址，做成了邱雯晶把全部事情想告訴大富叔的假像，實情是你想……告訴我們！」

「我不明白，如果阿樹用上這麼聰明的手法，他為什麼要在信中寫上『不要找我』，然後又寫下了回郵地址呢？」繪想到這一點：「這是很矛盾的『漏洞』。」

「很簡單。」圓圓走到阿樹的前方。

「因為阿樹就是想我們看到這個『漏洞』，對嗎？櫻花樹先生。」

《再周密的計劃，都總會有漏洞。》

阿樹繼續搖頭苦笑，不肯承認：「好吧，就算妳是說對了，妳有什麼證據呢？哈，怎麼我好像變成了電影的犯人一樣？明明我就是委託的人。」

「我當然有證據。」圓圓說：「這一點，你應該也沒想到，才會被我發現了！嘻！」

阿樹皺起眉頭。

圓圓從手袋中拿出一疊文件。

「這是……」繪非常驚訝：「妳問我拿來看的金融投資資料！」

「沒錯。你沒有想到吧？繪當日跟你聊天時，要你介紹的金融投資文件！」圓圓說：「在文件上，有你所寫的字跡，當然，不會是100%跟偽造邱雯晶信件的字跡一樣，不過，我已經看過了，有些字的寫法與筆劃也是一樣的，所以我非常肯定，邱雯晶的信，同樣是……出於你手筆！」

阿樹收起了笑容。

「還有，」圓圓說：「你能說出四年前在哪間酒吧找到邱雯晶嗎？你能解釋為什麼邱雯晶寄給你的信沒有回郵地址，寄給周大富的信就有呢？」圓圓追問。

阿樹沒有回答。

「阿樹，你可以跟我們說嗎？」圓圓坐在他的身邊：「為什麼要欺騙我們？為什麼要把完全沒關係的邱雯晶拉入這件自殺案件之中？為什麼你知道她們四個自殺的原因不是因為學歷卻不直接告訴我們？為什麼……」

「每宗性犯罪的案件，都有三個『犯罪現場』。」阿樹打斷了圓圓的追問：「一，是性侵的地點、二，是性侵罪犯的身體、三，是受害人的身體。」

他沒有直接回答圓圓的問題，卻說出了他的想法。

「我做金融之前，的確不是做偵探，也不是側寫師。」阿樹還是保持著笑容：「我是在公立醫院的……殮房工作。」

「什麼？！」

在場的人完全呆了。

「當年，我接觸過四個燒炭自殺女生的遺體。」阿樹說：「當然，我不是驗屍官，我只是殮房的普通職員，不過，因為人手不足，有時，我們也要幫忙進行解剖的工作。」

「樹。」我嚴肅地問：「聽你的故事之前，我想先問你一個問題。圓圓所說的、所調查到的……都是事實？」

「對。」阿樹說：「因為我想代死去的屍體說話。」

我們調查社，是幫助死者找出自殺的真相，而殮房，就是找出死亡的原因。我們都是完全不同的工種，不過，當中也有同樣的「意義」。

「信中所說，這些年來每天都受盡良心責備的人，不是邱雯晶。」阿樹說：「而是我自己。」

良心責備是最可怕的「疾痛」，它可以糾纏你一世。

「圓圓妳真的很厲害，我沒有在信中寫出『年分』的事都被妳發現了。」阿樹說：

「的確，我不能寫『四年來』，因為雯晶在兩年前已經死去。」

「但你為什麼不寫『兩年來』？」圓圓問。

「因為我良心的責備……的確是這四年時間，而不只是兩年，我沒法欺騙自己。」

那封信，除了是阿樹冒充邱雯晶所寫，也是阿樹自己的「懺悔書」。

我們不知道阿樹欺騙我們的原因，不過，不是因為有他，我們根本就不可能找出四個女生自殺的真正原因，怎說也好，他的確是在幫助我們。

我們在場的人都有這想法，所以就算被他欺騙，也沒有大罵阿樹。

「阿樹，究竟這四年來，發生了什麼事？」圓圓問。

「你們，願意聽聽我的故事嗎？」

他溫柔的微笑說。

**《每一個故事，都獨一無二。您的呢？》**

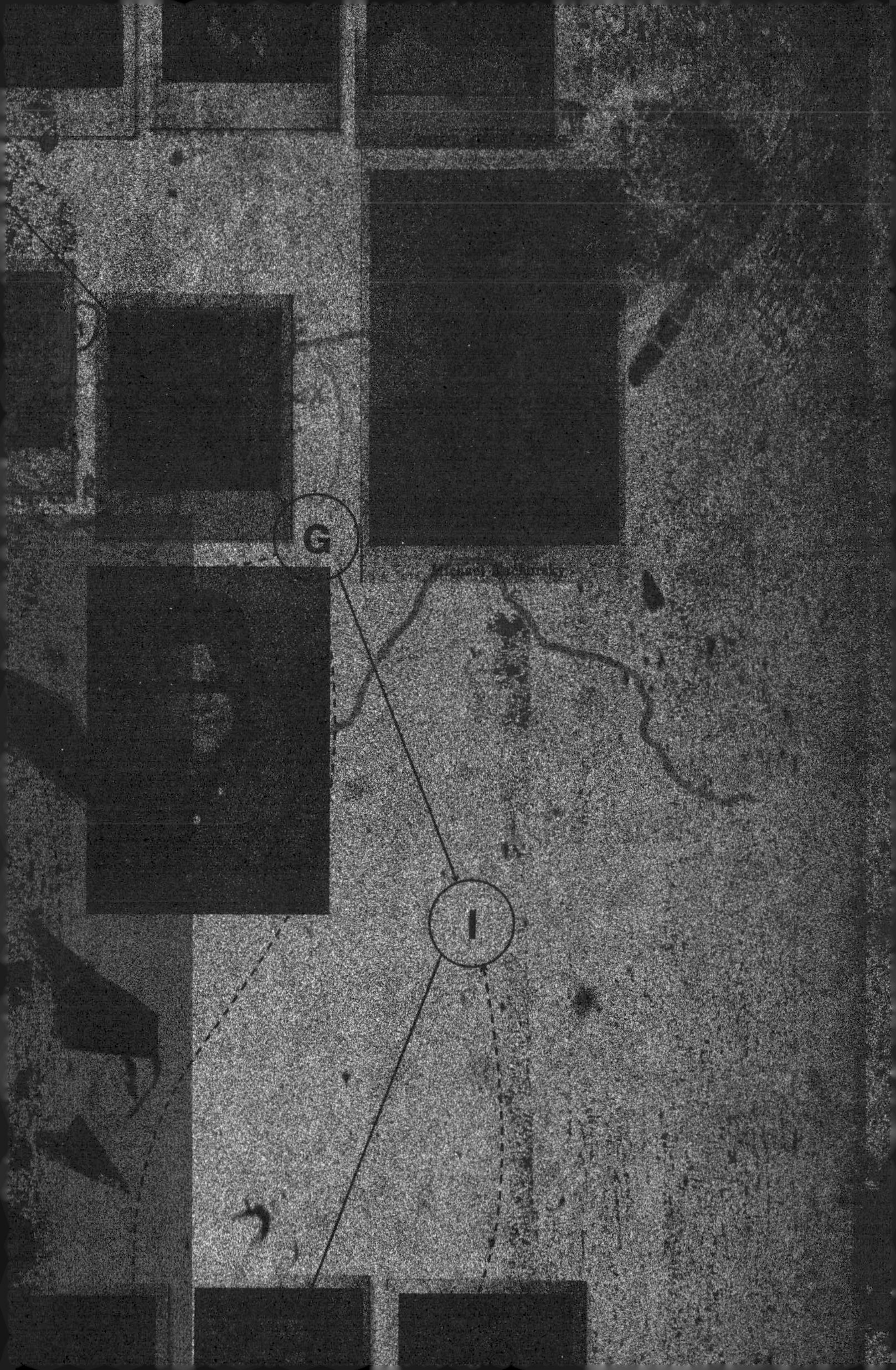
G
I

CASE
THREE

Our Promise

# 約定的夢幻島

櫻花樹下

四年前。

醫院殮房。

「明明有被性侵犯的跡象，為什麼……」櫻花樹說。

「四個女死者都有遺書說明是自殺，其他事我們不用理會。」殮房主管說：「別找麻煩，你知道一天有多少具新屍體嗎？每一個都有可疑，你工作四十八小時也不夠。」

「但是……」

「媽的，沒聽明嗎？別管太多！打包，下一個！」主管說完就走。

櫻花樹看著那一具被剖開的少女屍體。

谷宇蔡的屍體。

因為警方只說是「沒有可疑」的自殺案，他們都習慣了不去節外生枝，就算是有涉及其他的情況，只要已經「定案」，不用再理會。

不是先驗屍，再定案？

當然，那個警長面對傳媒時會這樣說，不過，有太多的灰色地帶，不是內行人，根本就不會知道。

櫻花樹木無表情地把屍袋的拉鏈拉上，他的表情平靜，但內心絕不平靜。

他想著有沒有方法可以幫助這些被定為「沒有可疑」的自殺案件翻案，他很想幫助她們。

直至兩年後的某一天。

他的機會來了。

……

……

「是車禍，這具屍體的死狀有點恐怖。」殮房同事跟阿樹說：「你處理吧。」

有點恐怖？

櫻花樹看著整塊左邊臉被剖開的屍體，也許，這不是「有點恐怖」這麼簡單。

她是邱雯晶的遺體。

櫻花樹有一個「習慣」，不，應該可以說是「不當的行為」，他很喜歡偷看死者的私人物品，或者，這也是他在殮房中的……

另一種娛樂。

他處理好邱雯晶的屍體後，一個人坐下來，打開了她的手袋，窺探死者的私隱。

櫻花樹發現了一張卡片，上面除了她的姓名、手機號碼以外，還有一個Facebook專頁的名稱叫……「約定的夢幻島」。

他雙眼發光。

然後，他拿出邱雯晶的一本記事簿，他期待著她的故事。

「今天，我在專頁中認識她們，沒想到，她們四個女生會有這樣的遭遇……」

櫻花樹一直看，瞳孔不斷放大，當他看到邱雯晶寫出四個女生的名字之時……

谷宇蔡、張欣敏、李彩珍、周婉兒。

他整人在顫抖！

沒錯，就是四年前，他發現被性侵犯的四個女生！

他們真正的死因，不是因為學業而自殺，是因為被性侵犯拍下了影片後，沒法面對自己，所以決定了集體自殺！

他快速看之後的內容！

四個女生死前的一天，是在邱雯晶的家過夜！她詳細地說出了那個晚上的對話內容！

「我們相約在『約定的夢幻島』再見！」

櫻花樹立即拿出手機看，他曾看過一個訪問……

「自殺調查社」的訪問，影片中的尾崎空在對著鏡頭說著……

「我開辦的自殺調查社都有同一個宗旨，就是找出……自殺故事的真相與原因！」

然後，他再拿出了邱雯晶的死亡報告，在報告上寫著……

沒有親屬，十四天後會被安按到「無人認領遺體搜尋系統」。

櫻花樹……笑了。

這個月，是他最後一個月在殮房工作。

**《冥冥中，會遇上的都會遇上，會錯過的同樣會錯過。》**

CASE THREE
Our Promise

# 約定的夢幻島

櫻花樹下 02

IFC一所金融機構的人力資源部。

「櫻先生，你的名字真的很有趣。」一位人力資源部的女同事說。

「對，有些人甚至會問我是不是在日本出世，又或是我父母是不是很愛櫻花，嘿。」

阿樹帶點無奈又自信地微笑。

「對，櫻先生我想問你一個問題。」另一個年長的男人說：「我看過你的履歷表，你之前是在殮房工作，現在為什麼想投身完全不同工種的金融行業？」

「當然是想轉換一個更有前途，有更多發揮機會的工作環境。」阿樹說。

這些答案，也許十個來面試的人有九個也是這樣作答，如果只是這樣，阿樹絕對不會被錄用。

「不過，還有更重要的原因。」阿樹補充。

兩個人力資源部的同事，非常期待他的答案。

「我覺得金融這一行非常的適合我。」阿樹自信地微笑，身體傾前：「因為『屍體』跟『金錢』也是一樣，不需要……**投放任何的感情**。」

他們兩人呆了一樣看著阿樹。

「我有信心可以做好這份工作，我可以幫助公司賺取很多錢。」阿樹說：「因為我只當『屍體』是我的工作與工具，嘿，對不起，我意思是我只當『金錢』是我賺更多『金錢』的工具。我不需要對『屍體』有任何的感情，同樣，我對於『金錢』也不會存在感情，我會用盡我的方法，去做好我的工作，幫助公司賺更多更多的錢。」

我想這兩個做了二十年的人力資源部同事，也從來沒聽過這樣的自我介紹。

阿樹的說話是真是假也好，他被錄用了。

阿樹沒有說錯，他入職的一年多以來，已經成為了公司其中一位最成功的iBanker。

阿樹的俊逸外表，還有談吐舉止，是他最吸引人的地方，當然，他那特別的的名字也幫助了他。

兩個截然不同的性格，在殮房那個沉默寡言的「他」，還是現在這個說話了得的「他」，哪個才是真正的「他」？

也許，就只有櫻花樹自己才會知道。

現在，事業非常成功的他，已經忘記了自己曾經……「想要做的事」？

不，他並沒有。

上環，阿樹的家中。

他在書桌的抽屜中，拿出了一封信。

這是一封兩年前寄出的信。

那天，他看了邱雯晶的記事簿後，知道了四個女生自殺的地方是長洲「19」號渡假屋，阿樹第二天放假，就去過當時的地址，不過門牌已經由「19」號改成了「32」號。

他再看著「20」號渡假屋。

在邱雯晶的記事簿中，有提及過在「19」號渡假屋是四個女生的住所，而在「20」號渡假屋才是拍攝的場地。

阿樹決定了試寄出一封信到「19」號渡假屋，而回郵地址是寫上他自己的地址。

幾天後，信被打回頭了。

他就是想測試，寫上「19」號的信，會不會打回頭。

在他抽屜中這封兩年前的信，就是他測試用的信。

當時，他知道信的確會打回頭，所以他再寄一封信寄到「19」號，而回郵地址是寫上……

**邱雯晶的地址**。

信的內容，就是自殺調查社看到的那封信。

當時，他已經一早在準備。

這個晚上，阿樹拿出了信紙，然後寫了另一封信。

他已經在邱雯晶的記事簿中，知道「20」號渡假屋才是真正拍攝的地方，他決定了想出一條謎題，希望可以讓「他們」追查到答案。

**「那個晚上，我去了酒吧喝酒，啤酒二十元一支，四個樽蓋可以換一支啤酒，兩個空樽也**

可以換一支啤酒，請問，我有一百元，我可以喝多少支啤酒？」

「啤酒的數目，就是自殺原因的關鍵。」

……

…

一星期後。

西貢對面海邨，自殺調查社。

著上西裝的阿樹按下了門鈴。

他在門外聽到有人大叫：「有生意！」

不久，大門打開，一個女生說：「歡迎光臨自殺調查社！」

「請問……」

「對！我們是調查自殺案的調查社！」女生沒等他說完先說：「你想調查什麼案件？」

「我想調查一宗……集體自殺案。」

《你永遠不會在門內知道在門外的人，當時的心情。》

「32」號渡假屋的後園。

我們已經聽完了阿樹所說的故事。

原來，一切也是他的計劃與安排。

「當然，你們找到了補習社這條線索，我也完全想不到。」阿樹笑說：「不過，信件上的謎題，你們也太遲才發現了。」

「為什麼你明知宇蔡不是因為學業自殺，卻不一早告訴我們？」宇馳生氣地說。

「如果我直接說，你們會相信嗎？還有，你們也許會把我當成傷害她們的人也不定。」阿樹說：「最初，我根本不認識你們，不會知道你們是這麼投入調查這宗案件。而且，如果我直接說出來，我在殮房偷看死者物件的事，我怕你們會反過來告我。為了安全起見，我沒有直接把真相告訴你們，而是用邱雯晶的信。」

我明白他的想法。的確，在這個社會中生活，不能夠輕易就相信別人。

「但你之後知道其中一個自殺的女生是我的妹妹，為什麼又不把自殺的真相說出來？」宇馳追問。

「當我知道，其中一個死者是你妹妹時，我知道你們一定會全力去調查。這時候，如果我跟你們說『其實我是知道事實的』，你們會怎樣看我呢？你們會質疑我為什麼一早不說出來。所以，我只能給你們提示，設下了『漏洞』。」阿樹說：「當然，如果你們真的沒有調查出真相，我已經想好了，最後會用邱雯晶的名義，把第三封信寄給你，告訴你們全部的真相。」

我們一起看著眼泛淚光的阿樹。

同時，我看了一眼圓圓，從我的眼神中，她已經知道我想問什麼問題。

她跟我輕輕地搖頭。

觀察入微的圓圓，意思是……

「沒有，他沒有說謊」。

「我是相信的……」阿樹看著天空：「我相信你們一定可以查出來，現在，終於真相大白了，而且把那個不法集團搗破。當年我在殮房沒法幫助她們的內疚，終於得到解脫了。」

我們還可以反駁他嗎？

如果沒有阿樹，根本就不會找到真相，怎麼說，他也是站在我們身後的一個人。

一個隱藏著自己身分，去幫助我們的人。

阿樹拿出了一本記事簿。

「這是邱雯晶的記事簿，裡面詳細地說出她們四個女生，在準備自殺前的那一天，一起在邱雯晶家的對話內容。」阿樹說。

阿樹把簿子交給了宇馳。

「現在我交給你了，我覺得你們可以看看。」阿樹說：「看看她們在世界上，最後的……**一個晚上**。」

宇馳接過了記事簿，他的手在抖顫。

「你是她最愛的男人。」阿樹站了起來，然後擁抱著宇馳：「她是知道的，她是知道你對她是最好的。」

當圓圓解破了所有的謎團以後，這次的聚會已經改變了，再不是單純的慶祝，變成了一個……

「悼念會」

向自殺死去的人……一個悼念的儀式。

晚上。

調查社的天台。

我、圓圓、宇馳、野芽，還有繪都在，他們很少會上天台，因為這裡是我的私人地方，不過，這一夜，我很想大家都在這裡。

「野芽，由妳讀出來吧。」我說。

「宇馳，可以嗎？」野芽問。

「沒問題，就由妳讀吧。」宇馳說。

我看著坐在一起的圓圓與繪。

「圓圓，妳在發什麼呆？」繪問。

「啊？沒有。」圓圓微笑：「野芽，開始吧。」

「好。」

野芽打開了阿樹交給宇馳的筆記簿，揭到她們自殺前的一天，開始讀出筆記的內容。

**《悼念一個人，都只因，我們想念一個人。》**

CASE THREE

Our Promise

# 約定的夢幻島

## 櫻花樹下 04

在一所只有一百呎的劏房內。

四個女生在邱雯晶的家中，度過生命中……「最後一個晚上」。

谷宇蔡、張欣敏、李彩珍、周婉兒。

明天就決定自殺的她們，感覺上沒有半點的痛苦，她們還有說有笑，氣氛完全沒有死氣沉沉。

「你們四個，死了之後別要來找我。」邱雯晶吐出了煙圈：「我怕鬼。」

「我第一個來找妳！」谷宇蔡扮鬼在她身後嚇她：「嘩！」

「說真的，妳們四個真的想清楚了嗎？」邱雯晶說：「妳們永遠也不能再見到深愛的人。」

「怎樣了？自殺專頁的版主，竟然說要想清楚嗎？」張欣敏說。

「我只是……」

谷宇蔡從後擁抱著她，給她一個溫暖的擁抱。

「明白的。」谷宇蔡說：「我們先去『夢幻島』，妳慢慢吧，我們會在那裡等妳。」

邱雯晶沒有加入她們的計劃，心中有一份內疚的感覺，谷宇蔡明白她的感受。

邱雯晶也曾經想過自殺，但她沒有這樣的勇氣，最後決定了開一個自殺的專頁，讓有自殺念頭的人，有一個地方可以聊天。

「我們不是已經約定了嗎？」李彩珍說：「我們約定……」

「一起去一個沒有痛苦的夢幻島，找尋新的開始、新的生活！」她們五個人一起說。

這是專頁上那一句簡介。

當然，她們的想法是錯的，絕對是錯，不過，沒有一個人能夠走出來跟她們說……

「妳們做錯了」！

在這個社會中，有太多未成熟的孩子有錯誤的想法，只要有人可以跟他們說一句「你的想法不對」，也許，就不會出現這麼多的悲劇。

她們討論了一會後，開始一起寫「遺書」。

四個女生一起寫遺書，寫出自己在世最後留下的說話，氣氛難免變得沉重。

「蔡，妳在世上最捨不得的人是誰？」邱雯晶問。

谷宇蔡想也不用想：「我哥。」

「為什麼呢？」邱雯晶問。

「因為他是一個笨蛋，由細到大罵得我最多的人就是他。」谷宇蔡泛起了淚光：「總是像爸媽一樣管束著我，去夜街不行、識男仔不行、染個髮也不行，什麼都說不行！」

邱雯晶沒有說話，只是看著流下眼淚的谷宇蔡。

「所以，我才不會在遺書中寫上他的名字！連提也不會提，我太討厭這個人！」谷宇蔡說。

明明就是反話。

谷宇蔡不寫哥哥的名字的原因，是因為她不想讓自己被侵犯的事，跟自己最尊敬的哥哥扯上任何關係。

所以連一個字也不想提起他。

「這樣吧，妳不寫入遺書，妳把想跟他說的話跟我說吧。」邱雯晶說：「我又不認識他，我不會告訴他的。」

谷宇蔡在猶豫。

「等等我！」邱雯晶拿出了自己的筆記簿：「妳說吧！」

「妳想寫下來嗎？」

「沒錯！這是妳對哥哥的最後留言！」邱雯晶笑說：「我都說他看不到的，我又不認識他！」

谷宇蔡用淚眼看著邱雯晶，她點頭。

**《在寫遺書之前，認認真真的去想一想，你真的捨得，讓那個愛你的人一生一世也痛苦嗎？》**

「哥，你要好好保重，沒有了我這個任性的妹妹，快去找一個任性的女朋友吧。」

谷宇蔡用手背抹去眼淚微笑說：「你記得嗎？小時候，應該是我六歲的時候，你跟我玩，不小心弄傷了我的手臂，我哭到停不下來，你當時不斷跟我說對不起，從你內疚的眼神，我知道你不是怕爸媽會責罵你，你只是覺得如果在一個女孩手上留下了疤痕，長大後會不好看，你心痛把我弄傷，我是知道的。」

邱雯晶在她的筆記上寫著。

「你這個大傻瓜，最後用口水擦在我的傷口，其實我更痛呢！笨蛋！不過，由我六歲開始，我就知道，那個什麼都管我的人，其實是……最關心我的人。」谷宇蔡再次掉下眼睛：「哥，別要為了我的死而傷心，我會在天上守護著你，不，應該是在『夢幻島』

中，看著你成長，你要代我好好活下去，知道嗎？」

邱雯晶看著她。

她看著邱雯晶。

「就這樣？」邱雯晶問。

「對，就這樣！」谷宇蔡想了一想：「不！還有！」

「請說。」

「小時候你說不夠錢買高達模型，我記得是F97，還是F91？你借了我36.5元，現在……現在你不用還了！就當我施捨給你！」

谷宇蔡一面流淚一面微笑，她在回想著跟哥哥的回憶。

邱雯晶也流淚了，然後她拍了拍谷宇蔡的頭。

宇蔡跟宇馳說的這番話，宇馳根本就不會聽到，不過，邱雯晶就是想谷宇蔡說出內心的真心說話。

也許，是上天的安排……

輾轉之間，宇馳看到了、聽到了。

宇馳……

終於知道了，妹妹最後對自己說的「遺言」。

在整個晚上，她們也沒有說過被性侵的事，那些黑暗的回憶，在這晚通通變成了「不存在」，她們只是回憶與閒聊著短短的人生中，所遇上的人和事。

所遇上「最重要」的人和事。

天堂、地獄，甚至是夢幻島，真的存在嗎？

根本就不會有人知道。

不過，她們選擇了相信「夢幻島的存在」。

一個比現實社會快樂的地方。

她們……相信了。

調查社的天台。

野芽讀出了邱雯晶的筆記簿以後，在場很安靜，只有聽到強忍著眼淚，抽泣的聲音。

「對不起，我上一上洗手間。」雙眼通紅的宇馳說。

「宇馳……」

我正想追上去之時，繪輕輕捉住我的手臂。

「給他一個人冷靜一下吧。」繪說。

我明白她的意思，坐了下來。

「或者，當時有一個人可以跟她們聊聊，她們就不會這樣死去。」野芽抹著眼淚說。

「所以當我們遇上需要求助的人，尤其是未成年的孩子，一定要伸出援手。」繪說：「也許是一句關心的說話，至少讓她們知道，她們並不孤單，有很多人是站在她們那邊，有很多人也明白她們的痛苦與感受。受傷害的人是她們，所以不是她們的錯，不需要懲罰自己。」

我知道，繪的這番說話是想跟自殺死去的女生說的。

我是知道的。

無論怎樣，自殺絕不會是對的事，而當一個人出現了自殺念頭之時，我們就算沒法停止他的想法，也要盡力去幫助他們走出「思考的困境」。

自殺絕不會是對。

而沒有盡力去阻止自殺事件的發生，絕對是錯。

如果大家多說一句鼓勵的說話，也許，我們自殺調查社就不會有這麼多案件要調查。

或者，我們會倒閉，不過，我寧願世界上再沒有自殺案，我們可以……「倒閉」。

我看著沒有雲的夜空，想起了「她」。

我又想起了媽媽的說話……

「**你要好好活下去**。」

在有限的生命中活著，才是真正的生命。

媽媽，我會帶著你給我的意志，生活下去……

生存下去。

幫助更多有需要幫忙的人。

幫助更多自殺的死者，找出死者故事的真相。

案件名稱：約定的夢幻島
委託者：櫻花樹
調查對象：邱雯晶
收費：$50,000
調查狀況：已結案

《在有限的生命中活著，才是真正的生命。》

一個月後。

這個月，香港的「N號房間」事件成為了大家茶餘飯後的話題，所有的傳統傳媒、網上報導與KOL都在大談這事件，當然，警方不會說出事件都是由我們自殺調查社調查與破案。

事件曝光後，有更多的受害者出來說話，警方從不同的渠道中，捉拿了二十三人，由十六歲至七十八歲，有男有女，都是「香港N號房間」的主謀。

人的獸性，不分男女，什麼年齡，禽獸都一直存在於我們的社會之中。

另外，因為他們的罪行，引致四個女生自殺，他們更加是罪加一等。

惡人被制裁，惡有惡報。

我相信，這一班人渣入獄之後，一定會得到應有的懲罰，其他的囚犯絕對會「以其人之道，還治其人之身」。

「媽的！還是沒報導過我們自殺調查社，明明就是我們找出真相！」宇馳看著網上的新聞：「我最討厭警察，你看這個警司的訪問，他說得好像自己破案一樣，扮英雄！」

「沒辦法，警方才不會說是外行人破案的。」圓圓說：「而且我們的大老闆也不想讓人知道吧？對嗎？老闆？」

圓圓看著我。

「這次已經是『打破慣例』了，我們自殺調查社，只是找尋真相，其他的事就由香港的執法部門去處理吧。」我說。

「至少我們也替宇蔡找出真相吧！」野芽說：「都可以說是沉冤得雪了！」

「我給妳一個讚！」宇馳高興地說。

我看著宇馳，他又回復到龍精虎猛的狀況，看來找出了宇蔡自殺的真正原因後，他終於鬆了一口氣，人也釋懷了。

「啊？這是……」野芽走到宇馳的面前，拿起了一樣東西。

「別要亂碰！我找了很久才找到的！」宇馳一手搶回來。

他手上的是……

F-91高達。

他欠宇蔡的36.5元，已經沒法還了，不過，宇馳用她那36.5元買的高達，永遠也在他的桌面之上。

永遠也在他的心中。

「空。」圓圓走到我的身邊。

「怎樣了？又想請假嗎？」我問。

「不。」圓圓指著手機上「香港N號房間」的報導：「我還是覺得很古怪。」

「不是已經破案了嗎？而且犯人也承認了。」我說。

「我不是說這案件，而是說……櫻花樹這個人。」圓圓說。

「有什麼奇怪？」

「他是我人生中，第三個看不透的人。」圓圓說：「你知道我觀察別人的能力吧，但我完全看不透他。」

「妳看不透，就有可疑？」我說。

「不……這是……」圓圓說：「漂亮的少女第六感。」

「少女我姑且認同，但漂亮呢……」

「你是不是想我把你藏起來的魚肉腸掉了？」圓圓奸笑。

「不要！」

「還有，其實我還想不通，為什麼四個女生，都沒有留下很多有關自殺的訊息記錄。」圓圓說：「她們好像已經一早準備好，而且……」

「妳意思是……」

「有人在教她們怎樣自殺？」圓圓提出。

我們對望，也許大家的腦海中出現了同一個名稱……

「不生存自殺協會」。

數個月前，一個古銅膚色男人來到我們調查社，他說收到了「不生存自殺協會」的挑戰書，而且想跟我們合作。

他是一間偵探社的偵探，他想跟我們合作的原因，是在挑戰書中有提及我們「自殺調查社」。

本來，我們想了解更多，不過那個男人聽了一個電話後，沒再說什麼就離開了，他臨走時說會在幾日內再聯絡我們。

但他一直也沒有跟我們聯絡。

我跟圓圓也有想過，早前的幾宗案件，比如姜隆懂得留下「三角形」的符號，真的是他自己的想出來？還是有「其他人」教他？

另外黑擇明也提及過，曾思敏曾經上過一個叫「不生存自殺協會」的網頁，才開始出現了自殺的念頭。

還有其他的案件，也曾經出現過「不生存自殺協會」這個名稱。

我總是覺得，這個什麼協會，一直也圍繞著我們自殺調查社。

「嘩！」野芽突然大叫。

「發生什麼事？」

「大家看！」

我們一起走到她的電腦前。

「這單新聞……這個男人……」野芽指著螢光幕。

新聞網頁中，出現了那個古銅膚色男人的相片！

報導說他昨天……

在自己的家中自殺死去！

究竟……發生了什麼事？！

《請你一定要相信自己，能夠捱過最壞的天氣。》

自殺調查員

第二部

完

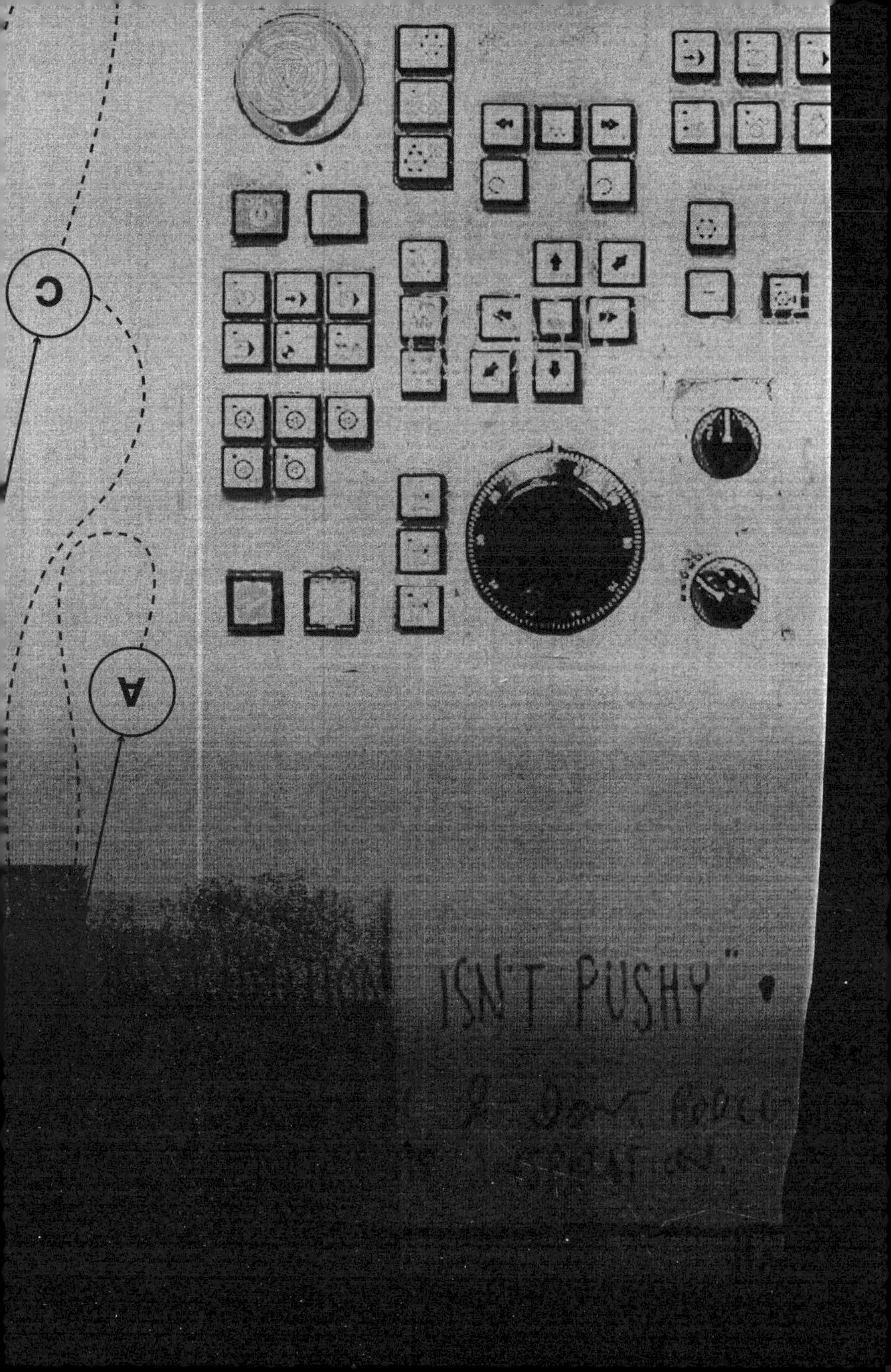
ISN'T PUSHY"

# Salvation

# 自殺調查員

## PART THREE

## 第　三　部

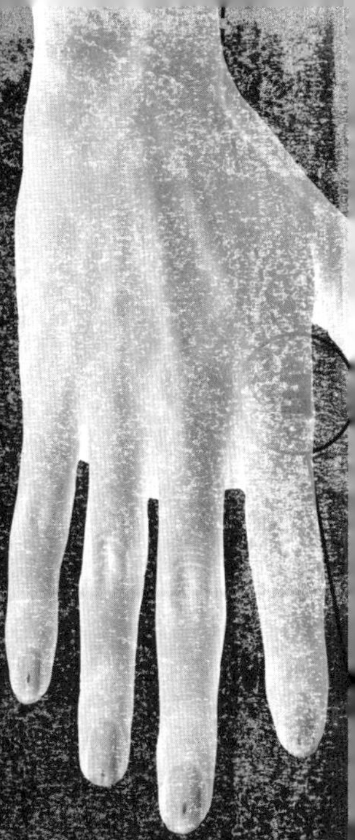

中環碼頭。

兩個男人坐在十號碼頭聊天。

「今天天氣真的不錯。」他喝著外帶的咖啡。

「你約我來這裡幹嘛？」他問：「而且，又說不要告訴空他們，究竟有什麼事？」

然後，他在銀色的手提箱中，拿出一樣東西。

「因為，我想把『真相中的真相』告訴你。」他說。

「真相中的真相？」

谷宇馳拿過來看，是一本學生用的簿子，簿上印著一個「太陽微笑」的圖案，不會有錯，是再生補習社用的簿子。

「為什麼你會有這本簿子？」宇馳非常驚訝。

「因為，真相永遠隱藏在更深的深淵之中。」

他說完這句話後，在宇馳的耳邊輕聲說話。

宇馳聽到他的說話後，瞳孔放大。

「什……什麼！？」宇馳說：「你說的話是真的？你怎知道？」

「你想跟我一起追蹤下去？」他問。

「如果你說的是真的，當然想！」

「很好，不過，我有兩個條件。」他說：「首先，第一個條件，你不能告訴自殺調查社的人，而且要……立即辭職。」

宇馳用一個懷疑的眼神看著他。

「而第二個條件。」他微笑說：「就是加入我們的協會，我才會告訴你更多相關的資料。」

「什麼協會？有關金融的協會？」

他搖搖頭說：「是加入我們……『**不生存自殺協會**』。」

宇馳木然，整個人也墮入了迷惘之中。

坐在宇馳面對的男人就是……

**櫻、花、樹！**

為什麼他會跟「不生存自殺協會」扯上關係？

「我已經測試好你們的能力了。」櫻花樹微笑說：「可以成為我們的……對手！」

他跟宇馳說了什麼？

他真正的目的又是什麼？

就在此時，一個年輕的男生走向了他們二人。

「Hi！」男生向他們打招呼。

宇馳看著這個不認識的男生。

「讓我來介紹，他是……」櫻花樹說：「邱雯晶的前男友。」

看來……

一切的發展，並不簡單。

還有更多的謎團，等待他們揭開。

……

…

.

# 自殺調查員 第三部

再次展開！

If You Ever Have Had
The Idea Of
Suicide ......

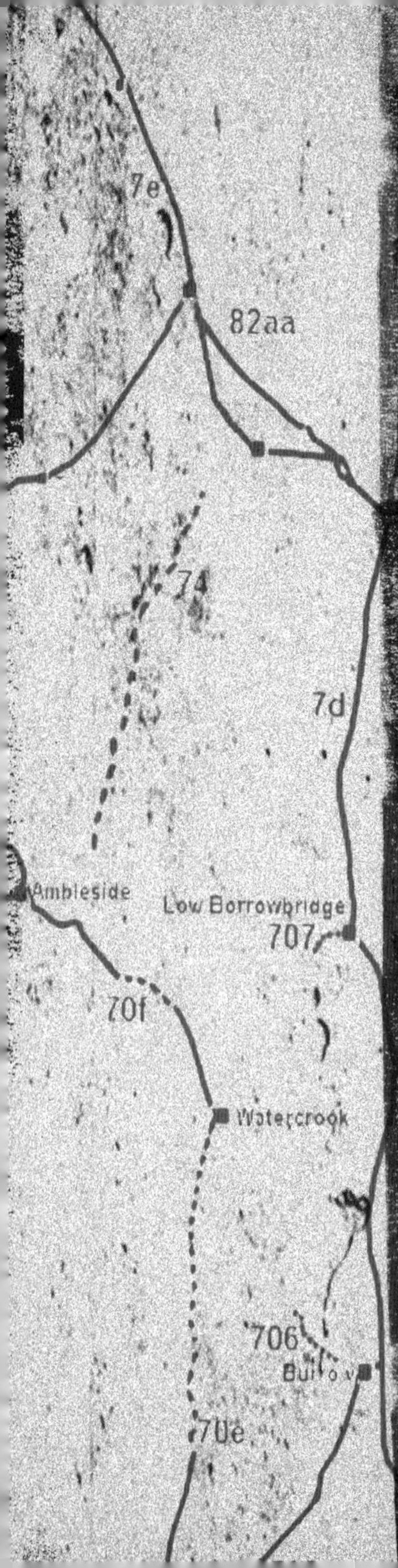

7e
82aa
74
7d
Ambleside
Low Borrowbridge
707
70f
Watercrook
706
70e

# Salvation 自殺調查員 2

## 後記

# 自殺調查員 II 後記

「請你一定要相信自己，能夠捱過最壞的天氣。」

在撰寫這本書期間，我家的貓豆奶患上了貓的絕症——「貓傳染性腹膜炎」（Feline Infectious Peritonitis，簡稱FIP）。醫生說貓患上這種病，最快兩星期就會死去，如果阿奶真的太辛苦，叫我選擇「安樂死」。

「安樂死」。

當我在寫著《自殺調查員2》，希望有自殺念頭的人可以生存下去之時，我聽到「安樂死」這三個字，的確有點不是味兒。

我決定了要讓她生存下去，用上了一個打針的療法，一共要打八十四天，今天正是第十二天，阿奶現在精神了很多。

我不會放棄她的，而她也堅強地生存下去。

世界上，有些人想了結自己的生命，同時，有些人想盡方法希望可以治療頑疾，生存下去。

「別把生命看得太輕」。

請帶著那些正在對抗病魔、頑強的人意志，生存下去。

這次的案件，也是一場「悲劇」，我很想讓更多人知道，如果身邊有朋友想自殺，請別要坐視不理，可能你的一句說話，可以把他／她從鬼門關救回來。

我一面寫一面在想，如果當天宇蔡向宇馳求助，她會不會落得現在的結局呢？

或者，小說的故事已經不能改變，不過，我知道「還未發生的故事」是可以改變的。

當你看到這裡，請容我再次、再次、再次跟你說……

「如果，你曾經有過自殺的想法，請看下去。」

**請，生存下去。**

**孤泣字**
04/2020

自殺調查員

第三部

即將開始!

7e
74
7d
706
70e

knot

40

ss

# LWOAVIE RAY TEAM

## 孤泣特別鳴謝小說團隊

由出版第一本書開始，只得我一人。直至現在，已經擁有一個孤泣小說的小小團隊。謝謝一直幫忙的朋友。從來，世界上衡量的單位也會用金錢來掛勾，但在這個「孤泣小說團隊」中，讓我發現，別人為自己無條件的付出。而當中推動的力量就只有四個大字——

「我支持你」

很感動！在此，就讓我來介紹一直默默地在我背後支持的團隊成員。

APP PRODUCTION

### JASON

傳說中的 Jason 是以戇直、純真、傻勁加上一點點的熱血配製而成。為了達成為一個小小的夢想、忍痛放棄一份外人以為穩定的工作，毅然投身自由創作人的行列。希望可以創作屬於自己的 iOS App、繪本、魔術書、氣球玩藝書、攝影手冊、攝影集、IT工具書等歡迎大家來www.Jasonworkshop.com參觀哦！

EDITING

### 曦雪 WINNIFRED

愛幻想、愛看書、愛笑愛叫的怪小孩，平時所有愛做的都不會做。喜歡寫作卻不會寫，說是因為懂寫不懂作。現實中Winnifred的化妝師，見證多少有情人終成眷屬。喜歡美麗的事物，自成一角的審美態度：「美，可以是看不到、觸不到，卻能感受得到。」機緣巧合，成為孤泣的文字化妝師。

### RONALD

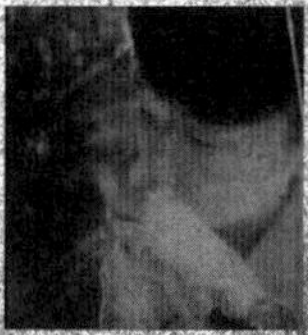

學藝未精小伙子，竟卻有幸擔任孤泣小說的校對工作。可說是人生一大幸運的事。

### 首喬

卞之琳這樣說：「你站在橋上看風景，看風景人在樓上看你。明月裝飾了你的窗子，你裝飾了別人的夢。」能夠裝飾別人的夢，是錦上添花。

### 小雨

顧城說：「黑夜給了我黑色的眼睛／我卻用它尋找光明」，願我們黑色的眼睛，不會忘記光明的樣子，不放棄。

*I only have one person. Until now, I already have a small team of solitary novels. Thank you for your help. In the*

MULTIMEDIA

GRAPHIC DESIGN

# 阿鋒

平面設計師，孤泣愛好者。由讀者搖身一變成為團隊成員之一，期望以自己的能力助孤泣一臂之力。

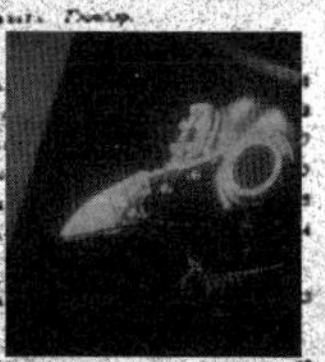

# RICKY

平面設計師，兜了一圈，原地做夢！感激孤泣賞識同時，多謝工作室團隊這團火燒到了我。創作人，路是難行但並不孤單。

# 阿祖

喜歡電影、漫畫、小說、創作，希望替孤泣塑造一個更立體的世界。

ILLUSTRATION

# 13

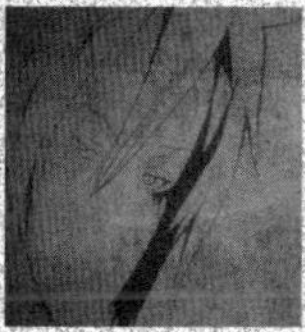

不善於用文字去表達心情，但喜歡以圖畫畫出一片天空，這片天空是無限大，同時存在了無限個可能。多謝孤泣給我機會發揮我自己，而孤泣的小說，是我的優質食糧。

LEGAL ADVISER

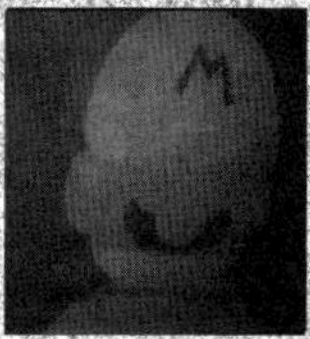

# X律師

當孤泣問我如何殺人不坐監、未來人受不受法律約束時，我決定成為他的顧問，律師費請匯入我戶口，哈哈。

PROPAGANDA

孤迷會_OFFICIAL

www.facebook.com/lwoavieclub

IG: LWOAVIECLUB

# 自殺調查員

## SALVATION 2

孤泣作品
LWOAVIE RAY COLLECTION

08

作者
孤泣

編輯 / 校對
小雨

封面 / 內文設計
RICKY LEUNG

出版
孤泣工作室有限公司
新界葵涌灰窰角街6號 DAN6 20樓A室

發行
一代匯集
九龍旺角塘尾道64號龍駒企業大廈10樓B & D室

承印
美雅印刷製本有限公司
九龍觀塘榮業街6號海濱工業大廈4字樓A室

出版日期
2020年7月

ISBN 978-988-79939-9-5

HKD $98

孤出版